당신의 사전

당신의 ; 사전

김버금

수오서재

내게 있는 이 마음을, 당신에게도 들려주고 싶어서

"당신의 마음은 어떤가요?"

늦은 밤, 자리에 누웠을 때 문득 밀려오는 마음에 잠겨 늦도록 뒤척이던 날이 있었다. 그 마음을 알고 싶은데, 그래야 괜찮아질 수 있을 것 같은데 그런 내 마음의 이름을 도무지 모르겠을 때.

책장 한편에 잠들어 있던 낡은 국어사전을 꺼냈다. 밤이 깊도록 ㄱ에서 ㅎ까지 읽어 내려가며 마음의 이름들을 한 자씩 노트에 옮겨 썼다. 사전의 마지막 장을 덮었을 땐 모두 천 개가 넘는 이름들이 빼곡히 모여 있었다. 쓸쓸함, 불안함, 우울함 그리고 외로움. 흔들리는 것이 두려워 마음 한쪽도 내주지 않으려고 외면해왔던 이름들이었다. 노트에 적힌 마음들을 물끄러미 내려다봤다. 모두 다 내 마음인데, 나는 다정에만 눈이 멀기를 바랐다.

모른 채 외면했던 마음들에게 인사를 했다. 안녕, 너는 불안이구나. 너는 외로움이구나. 오랜만이야, 슬픔아. 모든 마음에게는 이름이 있었다. 그 당연한 사실을, 나는 마음에게 이름을 불러주고서야 알았다.

나에게 있었던 그리고 어쩌면 당신에게도 있을지 모르는 그런 밤이 무시로 찾아올 때면, 이곳에 작은 등을 밝혔다. 그 등 아래에서, 잠들지 못하고 있을 당신을 생각하면서 썼다.

차 례

서글픈 마음

애틋한 마음

서툰 마음

그리운 마음

서글픈 마음

1

처 연 하 다

◦ [형용사] 애달프고 구슬프다

헤어진 게 처음도 아니면서 처음 헤어져본 사람처럼 허둥거리던 때가 있었다. 친구를 불러다 날이 새도록 한탄을 했더라면 좀 나았을까. 아니면 청승맞게 실컷 울기라도 했으면 괜찮았을까. 처음이 아닌 이별 앞에서 나는, 울음 하나도 제 마음처럼 울지 못했다.

그 마음을 도무지 어떻게 달래야 할지 몰라 매일 정처 없이 걷고 또 걸었다. 이따금 눈물이 흘렀으나 금세 차가워졌다. 겨울이었고 자주 뺨이 텄다. 모르던 사람이 다시 모르는 사람이 되었을 뿐이라고, 그런 것들을 위안처럼 나에게 말했다. 사실은, 사랑도 그런 것이었다. 떠나는 순간부터 차가워지는.

늦은 밤이었다. 24시 분식집 앞을 지났다. 인적이 끊긴 한적한 가게 안에서 주인아주머니 혼자 TV를 보고 있었다. 습기 찬 유리문 뒤의 풍경이 음소거 처리된 영화의 한 장면처럼 느리게 재생됐다. 문득 오늘 종일 먹지 않았다는 게 떠올라 가게 문을 밀고 들어갔다. 뭉게뭉게 피어오르는 찐만두의 김 사이로 목소리가 들렸다. 뭐 드셔? 라면이요. 어묵 국물이 담긴 그릇 하나가 테이블 위로 찍 미끄러져 나왔다.

뒤이어 나온 라면을 그릇째 들고 먹었다. 후루룩, 후루룩. 면이 줄어가면서 그릇의 안쪽에 빨간 나이테를 만들었다. 콧물을 훔친 휴지를 탑처럼 쌓았다. 분식집 창문에 입가를 눌러 닦는 내 모습이 비쳤다. 이렇게나 멀쩡한 이별이라니. 굶지도 않는 이별이라니. 그런 게 우스워 한참 동안 숨을 죽이고 웃었다.

가게의 문을 열고 나오는 길에 키 큰 나무 한 그루가 서 있었다. 때 이른 벚꽃이 밤하늘의 별처럼 총총 매달려 있었다. 언제 이렇게 꽃이 폈을까. 그 위를 한참 올려다보다 울음을 터뜨렸다. 아무도 그리 하라 이른 적 없는데 스스로의 슬픔마저 속였으니 나는 오늘도 이별에 실패하고 말았다.

한달음에 달려오는 것들이 있다. 불현듯 느껴지는 허기, 밀려오는 그리움, 기어코 터지는 울음처럼. 여기 좀 보라고, 밤에 보는 꽃이 이렇게나 아름답다고. 그런 전화를 네게 걸고 싶었다. 벚꽃이 핀 나무 아래에서.

2

홀	가	분	하	다			

◦ [형용사] 거추장스럽지 아니하고 가볍고 편안하다

한참 눈이 내리는가 싶더니 얼마 지나지 않아 벚꽃이 내렸다. 가끔은 코끝에 닿는 것들로도 계절을 가늠해볼 수 있다. 겨울의 눈송이는 간직하지 못했지만 벚꽃은 한 잎을 주워 다이어리의 한 페이지에 조심히 끼워놓았다. 켜켜이 쌓인 페이지 위로 납작해진 시간들이 흘러갔다. 요 며칠은 우산을 가지고 다녔다. 여름에는 눈보다도 벚꽃보다도 더 오래, 비가 내린다.

장마, 라고 발음하면 가볍고 산뜻한 것들과는 거리가 먼 것들부터 떠오른다. 올지 안 올지도 모르는 비를 대비해 늘 우산을 챙겨 들고 다녀야 하는 일, 지하철을 타고 이동할 때 옆 사람의 축축한 우산이 내 종아리를 흥건하게 적시는 것, 금방이라도 쏟아질 듯한 하늘과 눅눅한 공기를 매일 대해야 하는 기분처럼.

그중에서도 가장 불편한 것은 장대비에 푹 젖어버린 축축한 신발을 하루 종일 신고 다녀야 하는 일이다. 한 걸음 한 걸음 내딛을 때마다 신발과 양말에서 물이 배어 나오는 기분이란! 젖은 머리와 겉옷은 몇 번 툭툭 털어내면 시간이 지나면서 어느 정도 마르지만 한 번 젖은 신발은 좀처럼 마르지 않는다. 마치 오래전부터 그 많은 물기를 머금고 있었던 것같이.

그날은 우산이 소용없을 정도의 세찬 비를 쫄딱 맞은 날이었다. 비바람 아래에서 유일하게 믿을 구석이라고는 샛노란 우산 하나뿐이어서 두 손으로 꼭 잡아 들고 출근을 재촉하던 길이었다. 그리 좁은 길도 아닌데 모두가 우산을 펼쳐 들어서인지 길들이 다 비좁아진 느낌이었다. 맞은편에서 걸어오는 우산들은 거칠게 나를 치고 지나갔고 양 옆의 우산들은 어깨에 축축한 빗방울을 떨어뜨렸다.

약이 오른 나는 더 이상 한 방울도 맞지 않겠다는 일념으로 우산을 머리에 바짝 붙인 채로 바닥만 보고 걸었다. 그 덕에 머리 하나는 간신히 가릴 수 있었지만 가장 젖지 말았으면 하는 신발은 우산 밖으로 비어져 나오고 말았다.

바쁜 출근길에 서둘러 가면서도 신발에 물이 튈세라 조심조심 걸으려니 마음만 더 조급해졌다. 푹 눌러쓴 우산 아래로 탁한 흙탕물과 그 위를 참방거리며 걷는 아이의 노란 장화가 보였다. 멀찍이 피해 걸어가면서도 군데군데 고인 작은 물웅덩이마다 눈을 흘겼다.

발이 빠진 건 얼마 지나지 않아서였다. 조금만 더 걸어가면 지하철역이 나오니까 도착할 때까지만 조심하자고 스스로를 달래가며 부지런히 걸어가고 있던 때였다. 멀리, 지하철역이 눈에 들어왔다. 무사히 왔다는 생각에 마음이 들떴는지 화단 옆에 작게 고인 웅덩이를 보지 못하고 그대로 발을 딛고 말았다. 단 한 번 잘못 디뎠을 뿐인데 차가운 빗물이 빠른 속도로 운동화를 적시고 양말까지 스며들어 오는 것이 느껴졌다.

황급히 옆으로 물러섰지만 이미 운동화는 색깔이 달라질 정도로 푹 젖어버린 상태. 한 걸음씩 내딛을 때마다 신발에서 우스꽝스러운 소리와 함께 찍 찍 물이 나왔다. 길을 제대로 보지 못한 바보 같은 나 자신에 대한 원망과 함께 웅덩이는 왜 여기에 있어서, 하는 짜증이 빗물과 함께 머릿속까지 스며들었다. 지금껏 조심했는데, 지하철역이 코앞이었는데, 왜 하필, 왜 하필. 여태 물웅덩이를 피하기 위해 들였던 모든 시간과 노력이 한순간에 무너진 것에서 오는 원망이 두서없이 들기 시작했다.

그렇게 화가 난 상태였으니 되는 대로 아무렇게나 터벅터벅 걸었다. 어차피 틀린 거 될 대로 되라는 자포자기의 마음이었다. 이미 푹 젖어버린 신발로 걸으니 부러 피해서 돌아가야 했던 길들도 내키는 대로 걸어갈 수 있었다. 작은 웅덩이도, 그보다 더 큰 웅덩이 위로도 성큼성큼 걸었다. 함부로 밟을 생각은 하지 못했던 흙탕물에서도 신발에 물을 잔뜩 튀겨가며 걸었다.

그러다 보니 어쩐지 조금은 화가 누그러지는 것 같았다. 이제는 내 발이 닿는 대로 자유롭게 걸어도 된다는 홀가분함까지도 느껴지는 듯했다. 톡 톡 떨어지는 빗방울을 따라 내 마음껏 걸었다. 아주 오랜만에, 노란 장화를 신은 아이의 천진한 발걸음을 흉내 내보면서.

그때 알았다.
젖은 신발은 다시 젖지 않는다는 것을.

코끝에 빗방울이 스친다. 조금도 젖지 않기 위해 두 손으로 우산을 붙잡고서 온 힘을 다해 버티던 내 자신이 저 길 위에서 있다. 두 손이 하얗게 질릴 때까지 힘겹게 잡고 있었던 것들이 있었다. 젖지 않기 위해 애를 쓰던 여러 날의 밤이 있었다. 긴 장마가 물러간 뒤에야 조심스레 펴본 손바닥에는 애쓴 밤의 흔적들이 손금이 되어 선연하게 남아 있었다.

젖은 신발처럼 다시 마르기까지, 다시 아물기까지 유독 오랜 시간이 걸리는 것들이 있다. 그러나 그렇다고 해서 반드시 젖지 말아야 하는 것만은 아니었음을, 나는 온통 젖어본 뒤에야 알았다. 여러 계절을 돌아온 내가 그때의 나를 바라본다. 이제는 예고 없이 쏟아지는 빗방울에, 또는 예고 없이 빠지는

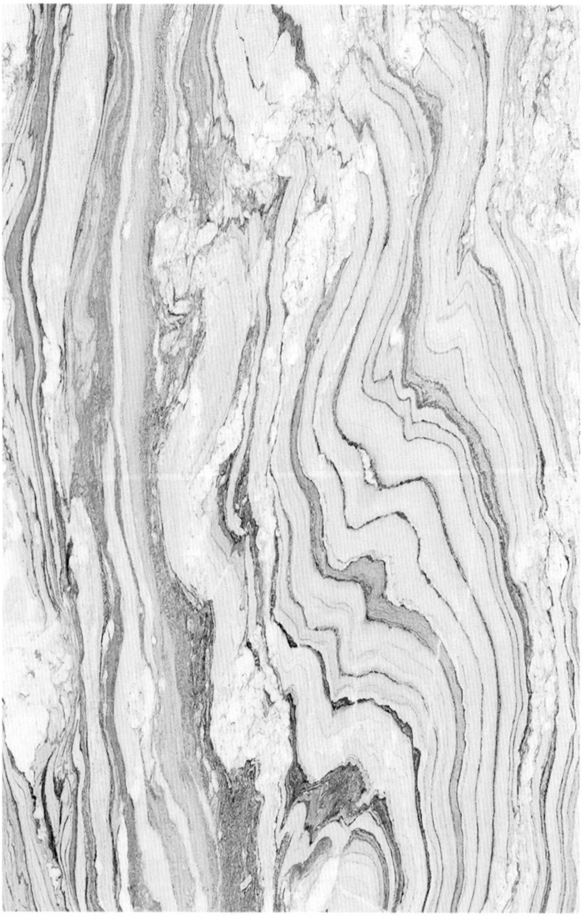

웅덩이에 조금은 너그러운 자세로 대하는 방법을 알고 있다. 다이어리에 끼워놓을 수는 없지만 나는 그렇게 마음의 한 페이지에 빗방울 하나를 간직하고 있다.

이미 젖은 신발은
다시 젖지 않는다

이미 슬픈 사람은
울지 않는다

이미 가진 자들은
아프지 않다

이미 아픈 몸은
부끄러움을 모른다

이미 뜨거운 것들은
말이 없다

_최영미, 〈이미〉

3

서	글	프	다				

◦ [형용사] 쓸쓸하고 외로워 슬프다

우리 집은 나와 동갑이었다. 내가 태어나던 해에 집을 지어 쭉 살았으니 우리는 나이가 꼭 같았다. 오래된 것들은 어딘가 한 군데씩은 아프다. 손이 잰 엄마가 장마철엔 옥상 방수를 하고 겨울엔 보일러를 바꾸어가며 살뜰히 살펴도 집이 늙는 속도는 좀처럼 따라잡을 수가 없었다.

재작년부터 동네에 재개발이 들어섰다. 십 년도 더 전부터 곧이다 곧, 소문만 무성하던 일이 정말로 진행되기 시작했다. 재개발 구역을 발표하던 날엔 온 동네가 들썩였다. 어느 집은 땅값이 올랐을 때 재빨리 팔고 나간다고 하고 어느 집은 입주권을 받으려고 버티겠다 했단다. 귀가 느린 우리 집은 동네가 돌아가는 판을 늘 늦게 알았다. 빨리 팔아라, 팔지 말아라 하는 부동산 아저씨의 성화에도 아빠는 대답을 아꼈다.

이사를 가야 할까, 가면 언제 가야 할까, 망설이기만 하던 우리 가족은 그중 마지막으로 동네를 떠나게 되었다. 마지막까지 남은 사람의 특권으로 개발 대신 철거를 실감하곤 했다. 삼십 년도 넘게 살던 집이 단 몇 시간 만에 헐릴 수 있다는 사실이나, 이곳에 사람이 살았단 그런 사소한 사실과 같은 것들을. 아파트가 들어올 자리를 닦아놓으려 낡고 오래된 집들을 밤낮으로 헐었다. 가스 있음, 진입 엄금, 붕괴 위험, 수도 끊김, 빨간색 라카로 표시한 글자들이 늘어났다.

살았을 땐 그렇지 않았는데 이사 날짜를 받아두고 난 뒤론 이곳에서 사는 일이 무척 곤혹스러워졌다. 시야를 가리는 높은 가림막과 뿌연 흙먼지보다 누군가의 집이 있었던 자리를 지나다니는 일상이 그랬다. 잔해가 남은 자리에 두고 간 살림살이들이 아무렇게나 뒹굴고 있는 걸 보면 꼭 그 집의 사생활을 빤히 들여다보고 있는 것 같아 괜스레 발걸음을 재촉하게 됐다. 떠날 수 없어 남겨진 흔적들이 발 닿는 곳마다 있었다.

이사를 가기 며칠 전쯤이었다. 골목길을 가로질러 가다 아담한 벽돌집에 붙은 흰 종이를 봤다. 네 귀퉁이가 청테이프로 눌러진 그 종이에는 라카가 아닌 펜으로 몇 글자가 쓰여 있었다.

'여기 사람 삶.'

첫 단어인 '여기'가 가장 크고 '사람'은 그보다 작고 '삶'은 그보다 더 작았다. 글자를 쓰다 공간이 모자랐던지 '살고 있음'을 '삶'으로 줄인 듯했다. 사람과 종이의 끝, 그 사이에 삶이 간신히 끼워져 있었다. 세로획이 가로획보다 긴 노인의 글씨체였다.

양 옆의 집은 모두 헐리고 남은 것은 그 집 하나뿐. 종이 한 장을 방패 삼아 아슬아슬하게 자리를 지키고 있는 그 집이 말하고 있었다. 여기에 아직 사람이 살고 있어요. 작아지는 글자 크기를 따라 누군가의 목소리가 점점 멀어지고 있었다.

그 해 겨울, 우리 집은 우리 집을 떠났다. 말간 햇볕 아래에 내놓은 손때 묻은 살림살이들이 문득 서글프게 느껴졌다. 이삿짐을 나르다 본 안방의 문틀에는 나와 동생의 키 눈금이 있었다. 언젠가부터 더 이상 자라지 않는 눈금이다. 지금도 종종 생각한다. 우리 집은 어떻게 되었을까. 아담한 벽돌집은 또 어떻게 되었을까. 여기는 어디로, 사람은 어디로, 삶은 다 어디로 갔을까.

남겨진 것들의 이후를 생각하면 마음 한 켠에 바람이 분다. 나와 동갑이었지만 나보다 훨씬 늙어버린 집을 생각하면. 그곳에 두고 온 시간의 눈금을 생각하면. 여기 사람 삶, 얇은 종이 뒤에서 잠을 청했을 굽은 등을 생각하면. 여기, 사람, 삶, 그 세 단어를 꾹꾹 눌러썼을 주름진 손마디를 생각하면.

4

미	워	하	다				

◦ [동사] 밉게 여기거나 밉게 여기는 생각을 행동으로 드러내다

넓찍하게 트인 큰 카페보다는 작고 소박한 카페를 좋아한다. 조그만 문을 열면 꼬마 스탠드가 반갑게 맞아주고 다정한 인사가 느리게 들려오는 곳. 내가 좋아하는 그런 작은 카페들은 주로 골목길에 숨어 있어 집 앞, 혹은 큰길의 카페를 가듯이 자주 들르지는 못한다.

그래서 시간의 여유가 있을 때, 그렇지 않더라도 오늘은 왠지 여유가 있고 싶은 기분일 때, 동시에 뭔가를 하긴 해야 하지만 하루쯤은 하지 않고 싶은 기분일 때, 이러저러한 기분들의 교집합이 되는 날에 보물찾기를 하듯 혼자 한 군데씩 다녀와 보곤 했다.

보통의 일상을 지내는 방식이 그처럼 자유로운 편이긴 하지만 가끔은 그 때문에 도리어 아무것도 할 수 없는 채로 여러 날을 보내기도 했다. 미리 일정을 짜놓기보다 그날 그날의 기분에 따라 움직이다 보니 그럴 기분이 아니라면 도무지 무엇도 하고 싶지가 않은 것이다.

자유로운 부자유라고밖에는 말할 수 없는 그런 날들이, 사실 꽤 오래 이어졌었다. 어제도, 오늘도, 내일에도 그런 기분 따위는 영영 들지 않을 것 같은 날들의 연속이었다. 그와 헤어진 후의 일이다.

며칠 전, 그런 카페만 골라 찾아다니는 나의 성격을 알고 있던 친한 선배가 나를 작은 카페에 데리고 갔다. 우연히 지나가는 길에 봤는데 딱 네가 좋아할 것 같아서, 너 나중에 그런 카페 하고 싶다고 자주 보러 다녔잖아, 거기 인테리어가 좋더라고, 말하며 자신 있게 앞장을 섰다. 그리 내키진 않았지만 애써 밝은 표정을 하고 뒤를 따랐다. 가고 싶은 마음이 들어서라기보단 오늘과 같은 핑계라면 전의 그런 기분을 한 번쯤 내볼 수도 있지 않을까 하는 내심의 기대 때문이었다.

쾌활하게 앞서 가는 선배에게 대략의 위치를 물으니 한강과 만나기 직전의 홍제천 끝, 이라는 엉뚱한 대답이 돌아왔다. 그 이상한 대답이 재밌어 오랜만에 허리를 젖혀가며 웃었다. 상가 사이에도 주택가 사이에도 있는 곳이 아니라서 그렇다는 명랑한 설명이 덧붙었다. 맑은 바람이 부는 선선한 초여름의 저녁이었다.

선배의 말은 사실이었다. 키 작은 단풍나무 한 그루가 서 있는 곳, 칠이 벗겨진 간판이 달린 곳, 네다섯 명이 모여 앉으면 꽉 차는 네모난 테이블 하나가 전부인 곳. 한강과 만나기 직전의, 홍제천 끝에 있는 아주 작은 카페. 어때? 내 말 맞지? 하는 선배의 눈짓에 웃으며 고개를 끄덕였다. 커피를 주문하고서 하나뿐인 테이블의 구석에 자리를 잡고 앉아 천천히 주위를 둘러봤다.

방금 우리가 들어온 작은 철제문, 벽 한쪽을 대신한 커다란 유리창, 그 밑에 옹기종기 늘어선 작은 선인장들, 테이블 위의 목이 긴 꽃 두 송이도. 언뜻 보이는 저 초록색 과일은 매실일까 라임일까 골똘히 생각에 잠기는데 어디선가 두런두런 조용한 말소리가 들려왔다. 안쪽의, 작은 주방에서였다.

살짝 고개를 돌리니 부부로 보이는 젊은 사장님 두 분이 작은 그릇을 달그락거리며 무언가 만들고 있는 것이 보였다. 나지막한 이야기의 내용은 들리지 않았지만 그 다정한 모습에 두 눈이 일순 매료되고 말았다.

꽤 오랫동안 두 분의 조용한 목소리와 애정 어린 눈빛, 따뜻한 손끝을 물끄러미 바라봤던 것 같다. 부러움 팔 할과 조금의 서글픔과 쓸쓸함을 담아. 선배의 기대와는 달리, 가게의 인테리어보다도 부부의 모습에 더 깊이 빠져들었다. 그 사이에 주문한 커피를 들고 온 선배가 말을 꺼냈다.

"부러워할 줄 알았어."

몰래 보고 있던 걸 혹여 들켰을까 싶어 황급히 시선을 떼며 모른 척 되물었다.

"뭐, 네? 뭐가요?"

"가게, 부러워할 줄 알았다고."

선배가 유쾌하게 말을 이었다.

"네 눈빛이 그래."

다행이랄까, 가게가 마음에 든 걸로 보였다는 것이. 안도감에 순간 웃음이 나왔다. "저, 그게 사실은…." 나도 모르게 쏟아져 나오려던 말을 흐리고서 어색하게 마른 침을 삼켰다. 그러지 않고서는 나도 모르는 내 말들이, 내 마음들이 왈칵 쏟아져 나올 것만 같았다.

사실 미웠다. 부러움 팔 할, 슬픔과 서글픔 조금의 가장 밑바닥에는 나에 대한 미움이 있었다. 아직도 그를 떠올리는 내가, 지독하게 미웠다. 완전히는 아니더라도 어느 정도는 잊었을 거라고 스스로를 위로했었는데, 나는 왜 아직도 제자리인 걸까. 그 사람이 생각날 일이라고는 전혀 없었는데 나는 왜 바보같이 이러는 걸까. 오랜만에 기분 좀 내보려 마음먹고 온 건데 나는 왜 또 그때로 돌아가고 마는 걸까. 도대체 나는 얼마나 모자라서, 도대체 나는 얼마나 시간이 지나야, 도대체 나는 몇 번이나 헤어져야, 도대체 나는….

답보다 눈물이 먼저 나올 것 같아 얼른 커피잔을 들어 한 모금 마시는 시늉을 했다. 동시에 스스로에게 되뇌었다. 이 찰

나에 잠시 괜찮아질 수 있기를. 정말 그런 것은 아니어도 그런 척을 할 수 있을 정도. 그래서 나 자신을 잠시 속일 수 있을 정도만이라도. 천천히 커피를 내려놓으며 고르고 고른 한 마디를 꺼냈다.

"그게, 사실은 여기 정말 마음에 들어요."

선배가 씨익 웃었다. 다행이었는지도 모른다. 찰나와 함께 마음을 삼킨 건. 나도 씨익 마주 웃어 보였다.

"진짜, 인테리어에만 눈이 가는 거 있죠."

커피잔을 쥐고 있는 오른손에 어색하게 힘이 들어갔다. 멀리, 창밖으로 시선을 돌리며 생각했다.

다만, 나는 아직 헤어지는 중이라고. 커피 한 모금의 찰나, 그 찰나처럼 내겐 괜찮아질 시간이 조금 더 필요한 것뿐이라고. 나의 일상으로 돌아갈 수 있을 때까진, 누구를 보고도 그 누구를 떠올리지 않게 될 때까진, 그래서 내가 나를 미워하지 않게 될 때까진, 내 손의 커피 한 잔을 더 이상 아프지 않고도 마실 수 있을 때까진. 내겐 시간만이, 다만 시간만이.

5

미	안	하	다				

◦ [형용사] 마음이 편치 못하고 부끄럽다

조금 멀리 살던 사람이었다. 만난 지 얼마 되지 않았을 무렵, 오늘은 시간이 늦었으니 집에 데려다줘도 되느냐고 묻기에 손사래를 치며 최선을 다해 사양했었다. 나 때문에 그가 우리 집까지 가는 것도, 갔다가 다시 혼자 집에 가야 하는 것도 미안했다.

데려다주겠다, 안 된다, 오늘은 데려다주고 싶다, 데려다주면 내가 다시 데려다줄 거다, 몇 번의 실랑이 끝에 그럼 지하철역까지만 바래다주는 걸로 공평하게 합의를 봤다. 그렇게 분명 지하철역으로 정했던 것 같은데. 그다음 날은 근처의 버스 정류장으로, 그다음 날은 우리 집 근처 편의점으로, 그다음 날은 우리 집 앞 교회로 그 장소가 점점 옮겨왔다.

집으로 가까워지는 게 우리 사이가 가까워지는 걸 눈으로 보는 것 같아 설레었다. 같이 있는 시간이 길어지는 것도 꿈같이 좋았다. 그러면서도 한편으론 그만큼 그가 혼자 집으로 돌아가는 시간이 길어지는 게 영 마음이 쓰였다.

그런 내가 해줄 수 있는 거라곤 그가 타고 돌아갈 버스의 시간을 봐주는 것. 그는 버스가 도착하기 3분 전까지도 손을 꼭 잡고 있다가 내일 또 봐, 인사하곤 어둠 속으로 후다닥 뛰어가곤 했었다. 그러면 나도 후다닥 집으로 들어가 옷도 갈아입지 않은 채 곧장 버스 어플을 켜고서 그가 집에 도착할 때까지 같이 기다려주곤 했다.

곧 가양역이지? 우와, 어떻게 알았어? 다 아는 방법이 있어, 이제 세 정거장 뒤에 내리지? 응, 나 이제 내리니까 얼른 씻어. 아니야, 혼자 가면 심심하잖아. 얼른 들어가. 얼른 들어가야 내가 씻는단 말이야. 알았어, 얼른 뛰어갈게. 아니, 아니, 또 뛰어가란 뜻은 아니고 그냥, 조심히 얼른 가. 얼른 갈게, 얼른 가서 전화할게.

몇 년의 시간이 지났다. 마지막 발자국이 놓였던 길 위로 몇 겹의 계절이 쌓였다. 오고 가는 길에 이따금씩, 그 버스를 보곤 했다. 어쩔 땐 그 생각이 떠올라 괜히 웃음이 나오기도 어쩔 땐 까닭 모르게 마음 한쪽이 철렁하기도 했었다.

그렇게 오래 눈으로 좇기만 했던 버스였는데. 오늘 그 버스를 타고 가양역을 지나갔다. 그가 갔던 길처럼, 우리 집에서 나와 그가 탔던 버스를 타고 그가 내렸던 가양역을 지나갔다. 그 시간에 타면 혹시 계속 서서 갔던 건 아니었을까. 앉았으면 이쯤에 앉았을까. 어쩌면 혹시, 내가 지금 앉은 이 자리는 아

니었을까. 버스의 어느 자리에 앉았는지, 한 번도 물어보지 못했다.

버스가 가양대교를 건넌다. 창문에 맺혀 있던 둥근 빗방울들이 사선을 그으며 떨어진다. 그 빗방울이 꼭 밤하늘에 쏟아지는 수백 개의 유성우 같아 창문에 가만히 손을 대보았다. 그가 홀로 돌아갔던 날 중의 하루는 내가 앉은 이 자리에 앉았었더라면 좋겠다. 그중의 잠깐은 나처럼, 그도 이 창문에 손을 대봤더라면 더 좋겠다. 얼른 가. 뛰지 말고 조심히 가. 버스의 창문에 뿌연 입김이 서렸다. 버스는 돌아오지 않는 것처럼 달리고 비는 그친 적 없는 것처럼 내린다. 나는 아직도, 그런 게 미안하다.

6

먹	먹	하	다				

◦ [형용사] 체한 것같이 가슴이 답답하다

더운 열병에 어떤 꿈으로도 잠들 수 없어 늦도록 뒤척이던 밤이면 자리에 누워 가슴에 전하지 못할 편지를 올려놓고 있기도 했다. 여기, 너에게 닿길 바라는 존재가 있다는 것을 알려주려는 것처럼. 이 먹먹한 심장 박동을 네게 전해주기라도 하려는 것처럼.

7

쓸	쓸	하	다				

◦ [형용사] 외롭고 적적하다

생각하면 까닭 없이 쓸쓸해지는 기억이 있다. 무료함에 지쳐 온몸으로 방바닥을 밀고 다니던 어린 시절, 책상 위에 놓여 있는 엄마의 일기장을 발견했던 날이었다. 일기장은 항상 그 자리에 있었지만 늘 눈에 띄었던 것은 아니었다. 엄마는 장을 보러 가고 없었다. 똑딱이는 시계 소리를 따라 가슴이 빠르게 콩닥거렸다.

엄마는 밤에 일기를 썼다. 밤은 내가 일기를 쓰는 시간과는 다른 온도의 시간이었다. 내가 주로 따뜻한 오후에 저녁밥 짓는 소리를 들으며 일기를 썼다면 엄마는 모두가 잠든 어스름한 자정 무렵에 일기를 쓰곤 했다. 나에겐 너무 늦은 시간이라 엄마의 일기에 대한 또렷한 기억은 없었다. 다만 종종 한밤중에 깨어나 주위를 두리번거릴 때면 보이던 노란빛, 닫힌 방문의 문틈 사이로 가느다랗게 새어 들어오던 불빛이 엄마의 일기에 대한 기억의 전부였다.

그중 대부분은 엄마를 방해하면 안 될 것 같아 곧바로 잠들곤 했었지만 몰래 문고리를 돌려보았던 적도 있었다. 소리가 나지 않게 문고리를 꼭 잡고서 천천히 문을 열면 부엌의 어둑한 작은 등 아래에 앉아 있는 엄마의 뒷모습이 있었다. 고개를 숙인 채로 무언가를 사각사각 써 내려가는 펜 소리를 따라 유난히 선명한 냉장고의 진동소리가 귓속으로 웅웅 들려왔다.

일기를 쓰고 있는지는 알 길이 없어도 어쩐지 그것은 일기여야만 할 것 같았다. 그런 날은 처음 본 낯선 엄마의 모습이 서늘해 이불을 턱 밑으로 끌어당기며 잠을 청했다. 엄마에게도 비밀이 하나쯤은 있을 수 있다고, 고개를 끄덕끄덕. 제법 어른스럽게 이해해보려는 시늉을 하기도 했다.

그처럼 비밀스러운 엄마의 일기가 그날은 어쩐 일인지 책상 위에 활짝 펼쳐져 있었다. 희미한 달빛에 더 익숙했던 일기장이라 새하얗게 비치는 속지가 도리어 낯설었다. 몰래 보았다는 사실을 들키면 혼이 날 것 같아 잠시 망설였지만 결국엔 호기심에게 완전히 지고 말았다. 팔랑팔랑 넘겨본 일기장에는 빼곡한 손글씨들이 한 장 가득 적혀 있었다. 엄마는 일기에 뭘 쓸까. 엄마에게는 어떤 시시콜콜한 비밀 이야기가 있을까. 콩닥거리는 마음을 누르고 읽어본 일기에는 이런 말이 쓰여 있었다.

'나에게도 친구가 있었으면 좋겠다. 옷에 김치 국물을 묻히고 가도 반겨주는 친구. 마른 손에서 고무장갑 냄새가 나도 흉을 보지 않는 친구. 아무 때고 찾아가서 이야기를 나눌 수 있는 수더분한 친구. 나에게도 그런 친구가 있었으면 좋겠다.'

생각도 못했던 내용에 화들짝 놀라 일기장을 덮었다. 원래 놓여 있던 모양이 어땠는지 신경 쓸 겨를도 없이 아무렇게나 올려놓고 나오는데 얼굴이 다 붉어졌다. 무언가 봐서는 안 되는 걸 본 것처럼, 자꾸만 가슴이 쿵쿵거렸다.

나에게도 친구가 있었으면 좋겠다고. 어스름한 자정 무렵에 남몰래 써넣었던, 너무나 시시콜콜해서 너무나 서늘했던 엄마의 일기.

그날 나는 엄마의 비밀을 하나 알았고 엄마도 모르는 나의 비밀을 하나 품었다. 비밀을 먹고 무럭무럭 자란 나는 어느덧 어둑한 자정 무렵에 일기를 쓰는 어른이 되었고, 일기에도 쓰지 못하는 비밀들은 가슴에 따로 품고 삭이며 산다.

저녁을 짓고 둥글게 모여 앉아 밥그릇을 긁는 시간보다 어스름한 밤의 공기를 남몰래 견디는 시간처럼. 시시콜콜한, 너무나 시시콜콜한 비밀은 서늘할 만큼 쓸쓸하다. 키 대신 마음만 훌쩍 자랐던 밤이었다.

8

철	렁	하	다				

◦ [동사] 어떤 일에 크게 놀라 가슴이 내려앉다

아빠는 길을 잘 외웠다. 그리고 스스로도 그에 대해 대단한 자부심이 있었다. 언젠가 한 번 지나갔던 동네의 골목을 우연히 다시 지나갈라치면 아, 여기 전에 거기네, 하고 반갑게 아는 체를 할 정도로. 자연스레 나에게도 아빠는 늘 그런 모습이었다. 어디든 한 번 간 길은 다 기억하는 똑똑한 우리 아빠.

며칠 전의 일이었다. 전에 맛있게 먹은 돼지갈비 집이 하나 있는데 주말에 다 같이 외식하러 가지 않겠느냐고 아빠가 물어왔다. 거기가 어디냐고 물었더니 신촌의 어디 골목인데 가게 이름은 잊었다고 했다. 이름을 모르면 어떻게 가? 하는 나의 시큰둥한 핀잔에 아빠는 이름은 몰라도 길을 다 기억하고 있으니 문제없다고 응수해왔다. 너, 아빠 모르냐, 다 내 손바닥 안이야.

그 말을 바로 증명이라도 해 보이겠다는 듯 아빠는 곧장 스마트폰의 지도를 찾아 검색부터 하기 시작했다. 손가락이 움직이는 대로 거미줄같이 촘촘했던 신촌의 골목길이 굵은 선으로 커져갔다. 간판까지도 보일 만큼이 되어서야 아빠는 자신이 내렸던 신촌역에서부터 되짚어가며 가게를 찾기 시작했다.

내가 여기서 내려가지고 여기로 이렇게 걸어갔거든, 그러다 이쯤에서 꺾었다고. 아니, 여기 편의점이었던가. 어라, 잠깐만 있어봐. 여기가 아니었나, 다음 골목이었나. 어, 헷갈리네. 좀 있어봐….

골목골목이 전부 다 비슷하게 생긴 데다 하필 또 거기가 돼지갈비 골목이라 내 눈에도 모든 가게들이 다 비슷비슷해 보였다. 지도로 찾느니 가서 찾는 게 빠를 것 같아 아빠에게 그만 찾아보자고 말했지만 아빠는 들은 체도 않고 고집을 부렸다. 내가 그때 내려서 갔던 길을 다 기억한다니까, 금방 찾을 수 있어.

스스로에 대한 믿음 때문인지 아니면 그에 지켜보고 있는 딸의 믿음이 더해졌기 때문인지 아빠는 좀처럼 포기하지 않았다. 대수롭지 않게 옆에서 흘려듣고 있던 나도 자세를 고치고 앉아 같이 찾아보기 시작했다. 찾을 수 있을 거라는 믿음에서라기보단 아빠의 체면을 지켜주고 싶다는 마음에서였다.

분명히 이쪽 골목이었거든. 응, 초입에 뭐 기억나는 건 없어? 편의점이 있었는데. 음, 무슨 편의점인진 기억 안 나고? 내가 여기서 내려서 이렇게 쭉 갔다고. 그래, 그래, 잘 기억해봐.

처음엔 핀잔으로 시작했지만 나도 모르게 점점 더 응원에 가까운 말을 건네게 됐다. 그런 내 대답은 듣는지 마는지 아빠는 무어라 반응도 없이 했던 말을 반복했다.

에이, 다시, 다시 처음부터 봐야겠다, 편의점만 찾음 돼. 아빠, 신촌에 편의점이 한두 개야? 하고 묻고 싶은 걸 꾹 참았다. 돌고 돌아온 곳은 다시 처음의 신촌역이었다. 이상하다. 이상하다. 내가 분명히 기억하는데. 헤매고 있는 시간이 길어질수록 내 대답도 자꾸만 길어졌다. 뭐라도 좋으니 무너진 체면을 지켜줄 수 있는 변명거리를 찾아주고 싶었다.

아빠, 봐봐, 이 지도 작년 9월 기준이래. 그새 바뀌었을 수도 있어. 에이, 그리고 이 정도 찾았으면 충분하지. 이게 화면으론 나도 잘 못 찾아. 눈으로 보는 거랑 다르다니까. 정말이야. 가서 찾으면 바로 찾을 수 있을 거야. 진짜라니까.

변명이 되어주려 했던 말이었지만 어쩐지 계속 참견을 하고 있는 모양이 된 것 같아 조금 더 지켜보다 자리를 피했다. 다시 한참 뒤에, 이쯤이면 다른 걸 하고 있겠거니 하고 슬쩍 가본 안방에서는 여전히 그 자세 그대로 스마트폰을 들여다보고 있는 아빠가 있었다. 조금 열린 방문의 틈 사이로 스마트폰의 환한 화면과 그 위에서 머뭇거리고 있는 아빠의 손가락들이 보였다.

아빠는 다시, 처음의 장소에 있었다. 기억 속의 걸음을 홀로 무수히 반복하면서. 손금 같이 좁은 골목들을 뒤쫓는 아빠의 뒷모습을 물끄러미 바라봤다. 무슨 말이라도 해주고 싶은데 무슨 말도 할 수가 없었다. 그때 중얼거리는 아빠의 혼잣말이 들려왔다.

그럴 리가 없는데.

그럴 리가 없는데.

끝내 대답이 되어줄 수 없는 말에 문에서 조용히 손을 떼며 생각했다.

왜 어떤 말들은 기어코 혼잣말이 되는가.

9

슬 프 다

○ [형용사] 서러워 마음이 괴롭고 아프다

여행을 가면 함께 간 사람과 꼭 한 번은 싸운다는데 우리도 예외는 아니었다. 아빠와 여행을 떠났던 날, 우리는 비행기에서 내리자마자 다퉜다. 여행이 아니었다면 '아, 됐어. 내가 알아서 할게'라는 말로 끝났을 사소한 투닥거림이었지만 그러지도 못했다. 여행은 '됐다'고 중간에 끊을 수도, '알아서 하겠다'고 등을 홱 돌릴 수도 없이 계속되어야 했으니까. 그날의 투닥거림은 늦저녁까지 이어졌다.

아빠 생애 첫 해외여행이었다. 한겨울의 한국을 떠나 한여름의 싱가포르로 가는 여행. 짐을 싸는 날엔 자못 긴장한 표정으로 주섬주섬 옷가지를 챙기는 아빠에게 잔소리를 늘어놓았다. 아빠, 라이터는 캐리어에 넣으면 안 돼. 따로 챙겨뒀다가 꼭 들고 타, 알았지? 그리고 거기는 더우니까 반팔이랑 반바지 챙겨야 돼, 듣고 있지?

비행기로 가는 여행은 평생 제주도가 전부였던 아빠는 이 추운 겨울에 그곳이 덥다는 게 잘 와닿지 않는지 나의 채근에도 자꾸만 긴 옷을 챙겼다. 스마트폰으로 날씨를 검색해 거긴 30도가 넘는다는 걸 눈으로 보여줘도 막무가내였다. 그 고집이 못마땅해서 입이 비죽 나왔지만 더워도 아빠가 덥지, 하고 애써 말을 삼켰다.

그렇게 아래위로 긴 옷을 차려입고 갔던 아빠는 예상대로 공항에서 나오기 바쁘게 땀을 흘렸다. 몇 걸음 걷지도 못하고 벌겋게 달아오른 얼굴에 연신 손부채질을 했다. 그런 아빠를 데리고 어디 구경을 갈 수도 없어서 어쩔 수 없이 야외 일정을 취소했다. 첫날에 꼭 가려고 봐두었던 곳들을 여러 군데 포기해야 해 속이 쓰렸다.

실내에서 한참 시간을 보내다 해가 질 무렵에야 밖으로 나와 저녁을 먹으러 갔다. 야경이 유명한 칠리 크랩 레스토랑이었다. 명성대로 강 바로 옆에 있어 건너편의 마리나 베이 샌즈가 한눈에 들어왔다. 일정은 망쳤지만 오늘 여기라도 건져서 다행이라고 생각하려던 찰나, 아빠가 입을 열었다.

"어휴, 여긴 왜 이렇게 덥니."

"그것 봐. 덥다니까."

삐딱한 핀잔에도 아빠는 속없이 허허 웃으며 셔츠 소매로 이마의 땀을 닦았다.

"아빠, 내일은 그냥 반팔티 하나 사자."

"됐어, 무슨…."

"아, 그거 얼마나 한다고. 그냥 하나 사."

"에이, 팔 걷으면 되는 걸 뭐 하러…."

안 그래도 아빠 고집 때문에 오늘 일정이 엉망이었는데 또 고집을 부리는 아빠의 모습을 보니 점점 짜증이 났다. 여행을 와 즐거워하는 사람들 사이에서 이런 입씨름을 하고 있는 것도 싫었다. 내 속도 모르고 자꾸 바보같이 구는 아빠가, 사실 너무 미웠다.

여행을 와서 여행 온 기분도 제대로 못 내는 아빠가 미웠다. 반팔티 하나 사는 게 아까워 구질구질하게 구는 아빠가 미웠다. 외국 음식을 먹어본 적 없어서 촌스럽게 구는 아빠가 미웠다. 내가 일상처럼 먹고 즐기는 이 모든 것들을 마음껏 누리지 못하는 바보 같은 아빠가 너무 미웠다.

그 마음이 날카로운 말이 되어 왈칵 쏟아져 나왔다. 아빠 진짜 내가 몇 번이나 말했잖아. 여긴 덥다고. 근데 이게 뭐야. 대체 긴 옷은 뭐 하러 가져왔어? 아빠 때문에 오늘 아무데도 못 갔잖아. 속사포처럼 쏟아내는 내내 우물쭈물하던 아빠가 겨우 한마디를 말했다.

"나는 외국이 이런 줄 몰랐지…."

그 말이 무슨 뜻인지 머리가 다 이해하기도 전에, 눈물이 먼저 고였다. 황급히 고개를 돌리는데 눈에 담긴 온 세상이 출렁거렸다. 마리나 베이의 눈부신 야경이. 오색으로 빛나는 찬

란한 강물이. 목 아래 깊은 곳에서 자꾸만 울음이 올라왔다. 아빠가 몰랐던 이 세상이 너무나 아름다워서, 이 세상이 다 거짓말처럼 아름다워서.

아빠의 돈과 아빠의 젊음과 아빠의 꿈을 배불리 먹고 자란 내가 이집트에서 피라미드도 보고 일본에서 온천도 할 동안 아빠는 줄곧 나이만 먹어왔다. 아빠가 첫 해외여행을 떠나기까지 걸린 시간, 오십 년. 숫자로는 헤아릴 수 없는 아빠의 한평생이 담긴 시간이었다.

눈물을 참느라 울컥울컥한 목울대에 연신 침을 삼키며 내게 혼잣말을 했다. 참 잘났다, 너. 그래, 진짜 잘났다. 아빠가 짐 쌀 때 그 잘난 입으로 왜 말만 한 거야, 네가 뭘 얼마나 잘나서…. 처음으로 여행 온 오늘 같은 날에 넌 왜 벌컥 화만 내는 거야, 네가 대체 뭐가 그렇게 잘나서….

땀인 척 냅킨으로 대충 얼굴을 훑고 칠리 크랩을 아빠 쪽으로 밀면서 말했다. 아빠, 저기 보여? 마리나 베이 샌즈라는 건데 저 위에 수영장이 있어. 엄청 신기하지? 저거 우리나라 건설사가 지은 거래.

내가 무슨 말을 하고 있는지 나도 모를 만큼, 아무 말이나 조잘조잘 이어가며 마음속으로 생각했다.

오늘의 마음을 나는 잊지 않을 거야.

절대, 절대 잊지 않을 거야.

10

바	라	다					

◦ [동사] 생각이나 바람대로 그렇게 되었으면 하고 생각하다

평소처럼 이어폰으로 노래를 들으며 집을 나서는 길이었다. 지팡이를 짚으신 할머니 한 분이 뭔가를 찾는 듯 주위를 두리번거리시는 모습이 보였다. 찾으시는 게 있나 싶어 여쭈어볼까 하다가 괜한 오지랖을 부리는 걸까 봐 불쑥 말을 붙이기가 망설여졌다. 대신 도움이 필요하면 물어오실 수 있게끔 귀에 꽂은 이어폰을 빼고 주머니에 손을 찔러 넣고서 바쁠 것 하나 없어 뵈는 한량의 모양새로 느릿느릿 걸어가고 있으려니 예상대로 곧 나를 불러 세우셨다.

"학상, 여그가 햄버거 집인가 피자 집인가?"

할머니가 가리킨 '집'은 도미노 피자 가게. 네, 할머니. 여긴 피자집이에요, 하고 말씀드리니 여 근처 어데메가 햄버거 집이었든 거 같은디… 하고 말을 흐리셨다. 아, 햄버거 집은 저 아래 사거리에 있어요, 하고 방향을 가리키는데 쭉 내민 손가락을 좇는 할머니의 눈매가 가물가물했다. 아무래도 길을 모르시는 눈치라 같이 가드리는 게 나을 듯싶어 근데 마침 저도 그쪽 가는 길이어서요, 저랑 같이 가요, 하고 할머니의 발을 이끌었다.

나는 할머니보다 조금 느리게 걸으려 하고 할머니는 그런 나보다 조금 빠르게 걸으시려 하는 요상한 엇박자에 맞추어 잠시 나란히 걸었다. 할머니는 햄버거 가게를 한참 찾으셨는지 내게 하소연을 하셨다. 간판이 죄 꼬부랑글씨로만 써 있은게 나는 밖에서 봐도 모르겄어. 아이고, 추운데 오래 찾으셨었나 봐요. 분명 근처에가 있든 거 같아 찾아봤는디 암만 봐도 없어야, 벌써 이래 눈이 흐려졌나 보다 했지. 에이 아니에요, 여기 길이 비슷비슷해서 저도 자주 헷갈리는데요.

이런저런 이야기를 나누다 보니 금방 햄버거 가게 앞에 도착했다. 여기로 들어가시면 된다고 알려드리고 가려는데 생각해보니 키오스크 주문이 어려우실 것 같아 같이 들어갔다. 이왕 해드리는 거 방법도 알려드리면 더 좋겠지 싶어 욕심을 내어 하나씩 짚어드렸다.

할머니 이거 되게 쉬워요, 여기 이렇게 화면을 누르기만 하면 돼요, 하는데 화면에 뜨는 글자가 테이크아웃, 세트 메뉴, 사이드 메뉴 등 전부 영어였다. 내가 할 때는 멈칫한 적이 없었는데 할머니께 알려드리며 하다 보니 매 화면마다 당황하면서 손가락을 멈칫거려야 했다.

죄송해요, 좀 어려우시죠… 이게, 어, 요즘 인건비가 비싸서

기계가 대신 주문을 받는 건데요… 하고 변명 아닌 변명까지 붙이다 보니 설명만 더 장황해졌다. 젊은이야 기계가 편리하니 좋지, 요즘 사람들은 다 핸드폰 들고 있고 나는 배워도 배워도 모르겄어. 할머니의 눈길을 따라 고개를 돌려보니 스마트폰으로 동영상을 보는 사람들, 게임하는 사람들이 눈에 들어왔다. 나도 저런 사람 중 하나였을 텐데. 내가 저 자리에 앉아 있는 동안 할머니, 할아버지들이 들어오셨다가 한참 서성이다 가셨을 걸 생각하니 마음이 철렁했다.

이렇게 혼자서 햄버거 가게를 찾아오실 정도면 햄버거를 무척 좋아하시는 것 같은데. 오늘은 내가 얼결에 알려드렸지만 다음에도 드실 수 있을지가 걱정이 되어 할머니, 다음에 또 오시면요… 하고 자꾸만 설명을 늘어놓는 내게 할머니가 웃으며 말씀하셨다.

"나는 인자 올 일이 없응게 괜찮여, 돌아가신 양반이 햄버거를 좋아혀서, 상에라도 올려볼라고 나왔지…."

돌아가신 양반, 상에 올린다, 는 말들로 멀리까지 햄버거 가게를 찾으러 나오신 이유가 뒤늦게 짐작이 되었다. 남들이 들으면 숭 보지, 그런 걸 다 올린다고, 하고 말씀하시기에 아니에요, 저희 집은 양념 치킨도 올리는데요, 순살로요, 하고 말씀드리니 그랴? 하고 놀라서 물으신다. 그럼요, 좋아하셨던 거 올림 됐죠 뭐, 저희 집은요, 그 옆에 콜라도 따라서 놔요, 하고 시시콜콜한 사연을 주절주절 늘어놓으니 입을 가리고 슬며 웃으셨다.

곧 봉투에 담겨 나온 햄버거를 할머니께 건네며 살펴 가시라 인사를 드리는데 할머니가 다시 내게 고맙다는 인사를 하시며 손을 꼭 잡았다 놓으셨다. 가게를 나서는 길에 습관처럼 이어폰을 꺼내려 주머니에 손을 넣다 잠시 멈추었다. 그리고 노래를 들으면서 가는 대신 오늘은 아무것도 듣지 않으면서 걷기로 했다.

이어폰을 꽂지 않고 걸어본 지 오래돼 조금은 귀가 휑한 기분으로 걷는데 허전할 틈 없이 곧 소리들이 귀를 메워왔다. 아이를 부르는 소리, 발자국 소리, 가게의 문이 열리고 닫히는 소리, 바람 소리, 신호등의 신호음 소리, 웃음소리, 버스에서 치익 하고 바람 빠지는 소리, 사람의 소리, 사람과 사람의 소리들이 귀에서 눈으로, 눈에서 마음으로 들려왔다. 그리고 생각했다. 오늘 내가 할머니에게 길을 알려드린 게 아니라, 사실은 할머니가 내게 길을 알려주신 걸지도 모른다고. 걸어가는 내내 그런 다짐을 했다.

더 많은 사람에게 귀 기울이고
더 많은 말을 귀담아 들어야지

더 많은 얼굴을 눈에 담고
더 많은 사랑을 말해야지

그렇게 살아야지
그렇게 살아야지

11

저	미	다					

◦ [동사] 칼로 베어내듯이 괴롭고 아프게 하다

몇 달은 접지 않았을 낡은 전기장판을 들어 올렸다. 두꺼운 먼지 틈 사이로 곰팡이 핀 양갱, 눌어붙은 유가사탕 몇 알이 보였다. 대체 왜 버리지도 않고 여기에 두셨을까. 이해할 수 없는 할머니의 고집에 한숨부터 쉬려다 돌아가신 분 탓해 뭐 하나 싶어 도로 꾹 삼켰다.

나의 할머니는 흰머리에 부드럽게 굽은 등, 온화한 미소와는 거리가 먼 할머니였다. 대장부 같은 풍채에 큰 호통 소리, 고집스러운 걸음걸이와 단단한 뒷짐을 지닌 분이었다. 어렸을 때 함께 목욕을 가면 온몸이 벌게질 정도로 억세게 때를 밀어 나와 동생을 울리기도 부지기수. 아프다고 울기라도 하면 온 목욕탕이 쩌렁쩌렁 울릴 만큼 큰 목소리로 무섭게 혼쭐을 내시곤 하셨다.

그런 할머니에게 살가운 손녀가 되기란 쉽지만은 않은 일이었다. 할머니 역시 다른 할머니들이 어린 손녀에게 하듯 다정히 머리를 쓸어주시거나 과자를 쥐어주신 적은 손에 꼽을 정도로 적었다. 기억나는 일이 하나 있다면 내게 유가사탕을 주셨던 날. 그마저도 내가 다 크고 나서야 딱 한 번 있었던 일이었다. 먼지 덮인 사탕은 툭툭 쳐보아도 제자리에 붙어 꼼짝도 하지 않았다. 내 기억이 맞다면 언젠가 내가 울던 날 밤 할머니가 나에게 불쑥 건네셨던 그 유가사탕인 것 같았다.

할머니는 치매셨다. 긴 병이었다. 치매는 감기를 앓거나 배탈이 나는 것과 같은 일시적인 증상으로 부를 수는 없는 것이었다. 할머니는 치매셨고 그래서 가끔은 치매가 할머니가 되기도 했다. 잦은 건망증, 욱하는 성격, 변덕, 망상, 의심 등 치매의 증상 중에서도 주위 가족들을 힘들게 하는 증상들이었다.

그 무렵 어른들 사이에서 요양원, 양로원과 같은 시설들 이름이 몇 번 언급되기도 했었지만 딱 그 정도였을 뿐. 누구도 나서서 할머니의 거취를 정하지 못한 채로 유야무야 시간만 흘러갔다. 그런 가족들의 입장 정리를 어서 돕기라도 하려는 듯 결정을 내리게 한 몇 가지 일들은 그 무렵에 일어났다.

"도둑맞았어야."

언제부턴가 할머니는 아침에 눈을 뜨기 무섭게 간밤에 뭔가를 도둑맞으셨다며 온 집 안을 헤집고 다니셨다. 주로 할머니가 물건을 잘 보관해두려 어딘가에 두고서 그 사실을 깜빡해 잃어버린 줄로 아시고 찾는 식이었다.

처음에는 과자, 손거울 등 작은 물건들이어서 같이 찾아봐

드릴 때도, 결국 찾지 못해 새로 사다드릴 때도 있었다. 그러나 목걸이, 통장, 도장 등으로 그 물건의 값이 차츰 커지면서는 가족들과의 언쟁도 커져갔다. 대개는 할머니의 주머니나 베개 밑, 가끔은 세탁기, 더 가끔은 냉장고에서 찾아내며 일단락되곤 했지만 그것을 찾게 될 때까지의 분위기란 파국의 분위기에 가까웠다. 아침에 눈만 뜨면 무언가 자꾸 하나씩 없어지는데 집에 있는 네가 아니면 누가 가져간 거냐고 불같이 화를 내시기도 했다. 할머니는 가족들을 의심하기 시작하셨다.

그 뒤로 할머니는 방 안 곳곳 깊숙한 곳에 할머니의 물건들을 숨기셨다. 그러면서 그것들을 지키고 계시기 위해 방 밖으로는 한 발짝도 나오지 않으셨다. 가족들이 할머니를 피하기도 했지만 할머니마저 가족들을 피하시길 택하셨다. 결국 할머니를 위한 결정이라 모두가 생각했다. 할머니는 요양원을 가지도 양로원을 가지도 않으셨으니까. 대신 가족들이 할머니를 홀로 두고 떠나기로 했다.

사탕을 받았던 건 할머니가 혼자 지내시기 며칠 전의 날이었다. 속상한 일이 있어 방 안에서 몰래 울고 있는데 할머니가 방문을 벌컥 열며 들어오셨다. 저녁내 또 무언가를 찾으러 돌아다니셨는지 어수선한 얼굴이셨다. 할머니는 무언가를 물으시려다 말고 문고리를 잡은 채로 잠시 못 박힌 듯 서 계셨다. 그러곤 황급히 눈물을 닦고 있는 나를 물끄러미 바라보시다 방으로 돌아가셨다. 그리고 한참 뒤 다시 방으로 들어오시더니 이번엔 내게 유가사탕 한 움큼을 불쑥 내미셨다. 엉거주춤하게 일어나 사탕을 받는데 할머니가 작은 목소리로 속삭이셨다.

“야아, 니도 조심혀라. 나 또 도둑맞았어야.”

도둑맞았다는 건 사실일 리 없지만 어쩐지 그 말에 담긴 할머니의 마음은 진실 같아서, 나도 모르게 할머니에게 물었다.

“할머니, 뭐를 도둑맞으셨어요?”

말할 듯 말듯 주름진 입 안에서 한참을 우물거리던 대답이 툭 튀어나왔다.

“몰러.”

그래, 그럴 줄 알았어, 그냥 병 때문에 그러시는 거야, 하는 생각으로 고개를 돌리려는데 할머니의 마지막 말이 나를 붙잡았다.

“나도 도둑맞아서 몰러.”

할머니는 잠시간 우두커니 서 계셨다. 그리고 불을 끄고 나가셨다. 나는 바로 잠에 들었던가. 아니다. 그날 나는 오래 뒤척였던가. 사탕을 잠시 쥐어보았던 것은 기억이 난다. 얼마나 오래 쥐고 계시다 주셨던 건지 사탕이 다 뜨끈했다. 사탕을 까서 하나를 먹었던가. 베개 밑에, 아니, 서랍 안에 넣어놨던가. 사탕을 어디다 두었는지 기억이 나지 않는다. 내가 우리 할머니에게 처음 받았던 그 사탕, 어디에 두었을까. 나는 그날 유가사탕을.

낡은 전기장판을 치우고 무릎을 굽혀 부스러기를 쓸었다. 힘을 주어 사탕을 떼어낸 자리에 사탕의 둥근 모양대로 누런 자국이 남아 있었다. 물티슈를 가져다 문지를수록 물기를 머금은 자국이 점점 더 선명해졌다. 이상하게도, 할머니 모습이 떠올랐다. 아무도 없는 빈 집에서 홀로 물건을 숨기고 다시 그것을 찾으러 다니셨을 모습이.

매일 밤, 잠에 들 때마다 캄캄한 밤이 또 무엇을 가져갈까 봐 다시 하나를 잃은 채로 아침을 맞을까 봐 매일 불을 켜두고서 선잠을 주무셨던 할머니. 손쓸 수 없이 하얗게 덮쳐오는 아침이 기억을 사라지게 할까 봐 방 안에만 꼭꼭 숨어 계시기를 택하셨던 할머니.

어쩌면 할머니에게 가장 두려웠던 것은 무언가를 잃는 것이 아니라, 무언가를 잃고도 그것이 무엇인지를 모른 채로 견뎌야 하는 영겁과 같은 시간이었을지도 모른다. 창밖으로 해가 저물어가고 있었다. 납작하게 눌어붙은 유가사탕을 주워 손에 꼭 쥐었다. 아직도 따뜻한 것만 같았다.

애틋한 마음

1

낯	없	다					

◦ [형용사] 너무 미안하고 부끄러워 남을 대하기에 떳떳하지 않다

나는 얼마나 많은 의자를 아끼며 살았는가

집 앞에 버스 정류장이 있다. 중앙차로에 있는 큰 정류장이 아니라 도로변에 붙어 있는 작은 정류장이다. 이곳을 들르는 버스는 초록 버스 두 대. 운이 좋아야 버스를 바로 타고 그렇지 않은 대부분은 10분, 20분씩 기다릴 때도 잦다. 그 시간을 마냥 기다려야 한다면 꽤 불편했겠지만, 스마트폰으로 미리 확인하고 나가면 그만이라 그리 신경 쓰이는 일은 아니었다.

지난주 아침, 버스를 기다리던 중이었다. 손에 든 짐이 많아 버스 시간을 미처 확인하지 못하고 나왔다. 언제 올지 모르는 버스를 멀뚱히 기다리려니 왜 이리 지루한지. 버스가 오는 쪽을 흘끗 보고 지나가는 사람들도 흘끗 보다 문득 버스 노선도 옆에 놓여 있는 의자 하나를 봤다. 네 다리 중 짤뚱한 한 다리가 허공에 붕 떠 있는 작은 나무 의자였다.

마침 짐을 든 손이 아파 어디 올려놓을 수 있었으면 좋겠다고 생각하던 참이었는데. 누가 버린 의자인가, 생각하며 의자에게 다가갔다. 반질반질하게 닳은 의자의 등받이에 종이 한 장이 붙어 있었다. '노인들 셨다 가는 의자.' 비 맞아 찢어질까 테이프로 꼼꼼하게 붙인 종이. 매일 이곳에서 버스를 탔는데도 몰랐다. 이곳에 의자가 있었는지. 그리고 이곳에서 잠시 쉬었다 가는 사람이 있었는지도.

구부정한 허리를 한 노인의 느린 걸음으로. 한 걸음에 하늘 한 번. 한 걸음에 땅 한 번. 그렇게 걷다가 이곳에서 버스를 기다리셨을 테지. 나처럼, 언제 올지 모르는 버스를 기다리며. 버스가 오는 방향을 흘끗, 지나가는 사람을 흘끗. 땅딸막한 지팡이에 무릎을 기대다 이곳에 의자가 있었음 좋겠다고 생각하셨을 테다. 그래서 다음에 다시 오는 길엔 잊지 않고 의자 하나를 끌고 오셨을 테다. 이곳에서 아픈 무릎들 편히 머물다 가라고. 한 걸음에 하늘 한 번, 한 걸음에 땅 한 번, 다시 그렇게 걸으며.

노인들이 편히 쉴 의자를 가져다 놓은 노인. 의자 옆에 서서 생각했다. 누군가를 위해 의자를 내준 적이 나는 있던가. 그저 내 갈 길만 생각하며 바삐 걸어온 건 아니었는지. 다른 사람을 위해 의자 한 번 내주지 않고 살아온 건 아니었는지. 돌아본 자리에 제 역할 이상을 해내는 일 인분의 의자가 있었다.

저 멀리, 버스가 온다. 느린 걸음의 시선을 따라 잠시 땅을 내려다보고 하늘을 올려다보았다.

나는 그동안 얼마나 많은 의자를 아끼며 살았는가.

나에게 묻지 않을 수 없는 날이었다.

병원에 갈 채비를 하며
어머니께서
한 소식 던지신다

허리가 아프니까
세상이 다 의자로 보여야
꽃도 열매도, 그게 다
의자에 앉아 있는 것이여

주말엔
아버지 산소 좀 다녀와라
그래도 큰애 네가
아버지한테는 좋은 의자 아녔냐

이따가 침 맞고 와서는
참외밭에 지푸라기도 깔고
호박에 똬리도 받쳐야겠다
그것들도 식군데 의자를 내줘야지

싸우지 말고 살아라

결혼하고 애 낳고 사는 게 별거냐
그늘 좋고 풍경 좋은 데다가
의자 몇 개 내놓는 거여

_이정록, 〈의자〉

2

애	틋	하	다				

◦ [형용사] 애가 타는 듯이 깊고 절실하다

일기와 그리 친하지 않다. 다이어리 한두 개씩은 늘 곁에 두고 있지만 매일 써본 적은 손에 꼽을 정도다. 전에도 그랬었나, 곰곰이 생각하다 보니 초등학교 때까지로 거슬러 올라갔다. 그때의 나에게 일기 쓰기는 매일 해도 매일 생기는 귀찮은 숙제였다.

일기는 하루를 계획하는 습관을 들이는 고마운 숙제지만 그때는 이런 사실을 알 리 만무할 뿐. 그저 미루고 미루다가 선생님이 검사하는 전날쯤이 되어서야 각종 상상력을 발휘해 어떻게든 채워 가는 식이었다.

항상 그렇게 얼렁뚱땅 모면하는가 싶었지만 위기였던 날도 있었다. 당장 다음 주가 일기를 내는 날인데 내가 가진 모든 상상력을 다 쥐어짜내고도 남은 일기를 도저히 채우지 못하고 있던 날이었다. 소재가 필요했던 나의 머릿속에 번쩍 떠올랐던 것은 엉뚱하게도 어린 동생의 일기장이었다.

그날 밤, 동생이 잠든 것을 확인한 나는 살금살금 일어나 일기장을 챙겼다. 그러곤 책상 밑에 스탠드를 바짝 당겨다 두고서 몰래 읽기 시작했다. 써먹을 만한 괜찮은 소재 뭐 없나 찾던 중에 곧 눈길을 끄는 일기 하나를 발견했다. 바로 며칠 전에 있었던 아빠의 생일에 쓰인 따끈따끈한 일기였다.

일기의 내용은 단순했다. '아빠의 생일날, 나는 그동안 모았던 용돈 만 원을 가지고 아빠랑 엄마랑 언니를 데리고 빵집에 가서 맛있는 케이크를 사주고, 근사한 양복점에도 데려가 아빠에게 멋있는 넥타이도 사주었다'는 터무니없이 황당한 내용의 일기였다.

동생보다 한 살 많았지만 그래도 비교적 돈에 대한 개념이 있었던 나로서는 만 원으로 이 모든 선물을 샀다는 것부터 말이 안 된다 싶었다. 심지어 선생님이 검사하는 일기장에다 이처럼 허무맹랑한 허풍을 쓰다니! 어린 동생의 치밀하지 못한 순진함에 웃음이 나왔다.

한참을 책상 밑에 숨어 몰래 읽던 나는 도저히 이 재밌는 걸 혼자 볼 수 없다는 생각에 안방으로 가서 아빠를 데려오기까지 했다. 손가락을 입에 붙여가며 쉿, 쉿, 조용히 따라오라고 내가 재밌는 것을 보여주겠다며 말이다.

늦은 밤, 잠든 줄 알았던 큰딸이 별안간 조용히 따라오라며 방으로 이끌고 책상 밑에는 엉뚱한 스탠드가 서 있으니 아빠 입장에서는 이상한 일이었을 테다. 그래도 아빠는 묻지 않고 차분히 기다려주었다가 아빠, 이거 쟤가 쓴 일기인데 진짜 웃겨! 빨리 읽어봐! 라는 나의 재촉에 빙긋이 웃으며 조용히 넘겨받아 읽기 시작했다.

이 웃긴 이야기를 아빠가 다 읽을 때까지 조용히 기다려야 하는 고통이란. 나는 어서 아빠가 일기를 읽고서 나처럼 몸을 꼬아가며 웃기만을 초조하게 기다렸다. 그러다 마침내 아빠가 일기장을 천천히 덮었을 때. 어때? 진짜 웃기지? 라는 의기양양한 표정으로 돌아본 아빠는 웃고 있지 않았다. 아빠는 울고 있었다.

웃겨서 포복절도하는 아빠의 모습을 기대했던 나는 아빠의 눈을 보고서 일순 당황했다가 내가 실수한 것 같다는 부끄러움, 그리고 아빠가 운다는 사실에서 오는 충격과 무서움까지도 그 짧은 순간에 느꼈던 것 같다. 그날은 어떻게 다시 일기장을 몰래 접어다가 제자리에 가져다놨는지 아빠는 어떻게 안방으로 가고 나는 어떻게 잠자리에 누웠는지 기억이 나지 않지만 단 한 가지만은 또렷이 기억이 난다.

이불을 머리끝까지 올려 쓰고서 오랫동안 잠들지 못했던 기억. 나에게는 그저 웃기게만 읽혔던 그 일기가 아빠에게는 무엇이었던 걸까 하고, 열 살 인생에서 가능한 한 깊은 부모의 마음을 짐작해보며 조금이라도 헤아려보려 노력하던 기억. 나는 그날 밤 여러 번 동생이 되어보기도 했고 다시 여러 번 아빠가 되어보기도 했다.

일기를 보고 난 뒤의 다음 날엔 늘 그렇듯 나의 폭로전과 비웃음, 동생의 분노와 눈물의 아수라장이 되기 일쑤였지만 어쩐지 나는 그다음 날도, 그다음 다음 날도, 그리고 오늘에 이를 때까지도 그날의 일기에 대해서는 오래도록 함구하게 되었다. 그 후로 나와 동생은 두 손으로 세기엔 손가락이 한참 모자란 나이가 되었고 아빠의 생일엔 동생의 일기 속 케이크보다 더 긴 초가 여러 개 세워졌다.

그러면서 어렴풋하게 알게 된 것들도 있었다. 아빠가 평생 변변한 양복 한 벌 입어보지 못했고 생일에 케이크를 앞에 두고 가족들과 함박웃음을 짓는 추억 또한 일생 없었다는 사실들이 그런 것들이었다. 헤아릴 수 없을 만큼의 여러 밤이 지나고서야, 나는 그날 밤 눈물의 의미를 뒤늦게 헤아리게 되었다.

이제는 아빠의 생신이 가까워져 오면 둘이 힘을 모아 그럴듯한 케이크도 넥타이도 사드리곤 한다. 유명하다는 일본 제과점의 진짜 케이크, 주눅 들지 않을 브랜드의 진짜 넥타이. 슬쩍 메고 나가면 거, 딸내미가 좋은 거 사줬는갑네? 하고 누군가 물어올 정도의 물건들로 말이다.

여전히 아빠는 자식이 생일에 맞추어 사오는 선물이라면 그것의 쓸모와 가격을 떠나 무조건 반사에 가까운 기쁨을 표

현해주고 있으므로 일기의 풍경에서처럼 케이크를 둘러싸고 앉아 있는 그림은 큰 변동 없이 반복되고 있다. 그러나 어쩐지 그날 밤 동생의 일기를 읽었을 때 번져가던 아빠의 표정, 세상에서 가장 귀중한 선물을 받은 것처럼 벅차오르던 그 표정은 아직 어떤 선물 앞에서도 본 적이 없다.

늦은 밤, 동그란 스탠드가 책상의 한쪽을 밝히고 서 있다. 웃음보다 울음이 먼저 터져 나왔던 그날의 일기가 눈앞에 선명히 떠오른다. 자기 돈이라곤 가져본 적 없는 어린 딸이 아빠에게 안겨주고 싶었던 마음뿐인 선물. 나는 오늘 우리 아빠에게 맛있는 케이크를, 나는 오늘 우리 아빠에게 근사한 넥타이를…. 다시 작아지고 작아져서 그날의 스탠드 밑에 아빠와 나란히 앉아 있을 수만 있다면, 그때는 아빠를 꼭 한 번 안아주고 싶다.

3

사 랑 하 다

◦ [동사] 어떤 사람이나 존재를 몹시 아끼고 귀중히 여기다

'구골'이라는 단위를 처음 알게 된 것은 글쓰기 모임에 계시던 분의 글을 통해서였다. 장난감을 가지고 놀던 아이가 문득 세상에서 가장 큰 숫자가 무엇이냐고 물었다. 그는 어디선가 들었던 것을 떠올려 구골이라고 알려주었다. 그것은 상상할 수도 없을 만큼 엄청나게 큰 숫자란다. 아이가 말했다.

"아빠, 구골만큼 사랑해요."

사촌 언니의 아기를 안아본 적이 있다. 태어난 지 며칠 되지 않은 아주 작은 아기였다. 조그만 손금을 제 손 안에 그러쥐고 있었다. 손가락을 가만 내밀었더니 그보다 더 센 힘으로 꼭 쥐었다. 한번 안아봐, 언니가 나에게 아기를 넘겨주었다. 부서질 듯 연약한 것을 안는 자세로 어색하게 안았다. 아기는 따뜻하고 따뜻하게 무거웠다. 아기를 안는 순간 알았다. 사람의 생의 무게란 이런 것이구나.

오래전 할머니께서 들려주셨던 이야기가 있다. 내가 아기였을 때 모기에 물려 가려워하는 모습이 안쓰러웠던 아빠는 나에게 이불을 하나 덮어주고 그 옆에 맨몸으로 누웠다고 했다. 대신 물리고 싶은 마음에 이불도 덮지 않고 밤새 오들오들 떨면서 잤다고 했다. 내가 걸음마를 막 배우던 날, 언덕에서 넘어져 크게 다쳤을 땐 우는 나보다 더 크게 울었다고 했다. 손등으로 눈물을 훔치며 엉엉 울었다고 했다.

구골만큼 사랑해. 그것은 어떤 느낌일까. 나를 닮은 아이가 있다는 것. 나를 엄마, 라고 부른다는 것. 두 팔을 벌리면 뛰어와 내게 안긴다는 것. 온몸으로 안긴다는 것. 내가 지은 이름으로 세상을 살아간다는 것. 내가 사라진 세상에서도 그 이름으로 살아갈 거라는 것. 그 아이가 온몸으로 나를 사랑한다는 것. 그것은 어떤 느낌일까.

눈을 감으면 푸른 밤이 다가와 곁에 누웠다. 잠들지 않아도 꿈꾸는 밤이었다.

4

편	안	하	다				

◦ [형용사] 편하고 걱정 없이 좋다

포옹하는 시간

학창 시절에 '안긴 문장'에 대해서 배웠던 적이 있다.
한 문장이 다른 문장에 속해 겹문장이 되면
바깥의 문장은 '안은 문장'이었고
그 안의 문장은 '안긴 문장'이 되었다.

어떤 모양이든, 그것이 어떤 모습이든
한 문장을 품 안에 폭 안고 있는
'안은 문장'의 둥근 포옹을 그려본다.

나의 보잘 것 없는 주어와 초라한 형용사,
꾸밀 것 없는 부사와 끝 모르는 마침표까지도
모두 안아줄 그런 문장을.

5

불	안	하	다				

◦ [형용사] 마음이 편하지 않고 조마조마하다

늦은 밤, 밖에서 돌아와 여느 때처럼 “다녀왔습니다” 하고 인사를 했다. 방에 있다가도 기척이 들리면 늘 “그래, 왔니” 인사하던 엄마의 목소리가 어쩐 일인지 들려오지 않았다. 혹시 집에 없나 싶어 안방 문을 열어보니 엄마가 불도 켜지 않은 채 핸드폰으로 무언가를 열중해 보고 있는 것이 보였다. 뭐 보느라 그랬구나 하는 안도와 함께 저렇게 보면 눈 나빠지는데, 하는 걱정이 들었다.

마음은 그래도 눈 나빠질까 걱정이 되니 꼭 불을 켜고 보라고 말하기는 어쩐지 쑥스러웠다. 그래서 문득 생각나서 하는 말인 듯 대수롭지 않은 말투로 말하려고 했던 게 “엄마, 뭐해! 눈 나빠진다!” 하고 야단을 치듯이 말하고 말았다. 어렸을 때 엄마한테서 어두운 데서 핸드폰 보면 눈 나빠진다, 불 켜고 봐라, 그렇게 야단을 들었는데. 무언가 뒤바뀐 느낌이 들어 말해 놓고 아차 싶었다.

이미 나온 말이지만 아무래도 엄마한테 좀 너무했지 싶어 슬쩍 눈치를 보니 나와 눈이 마주친 엄마가 멋쩍게 웃으며 아이처럼 옆머리를 긁었다. 좀 더 다정히 말할걸. 걱정돼서 한 말이라고 말이라도 좀 그렇게 할걸. 후회 끝에 덧붙인 말은 한층 더 불통하게도 "아니, 눈 나빠지니까 불 켜고 보라고"였다.

이러려던 게 아니었는데. 어색한 표정으로 불을 켜고서 안방 문을 당겨 닫았다. 좁아지는 문틈 사이로 엄마가 점점 작아지는 것이 보였다. 문을 닫고도 한참 동안 발을 떼지 못했다. 꽉 닫힌 문 앞에서 우두커니 선 채로 그런 생각을 했다.

이제는 내가 나이 들어가는 게 아니라 엄마가 점점 어려지고 있는 것 같다는 생각. 그래서 가끔은, 엄마가 나보다 어려지기도 하는 것 같다는 생각. 엄마에게 큰 소리를 친 건 난데 내가 야단을 맞은 것처럼 마음 한쪽이 자꾸만 저려왔다. 엄마보다도 어른이 되는 일. 나는 아직, 그 일이 무섭다.

6

뭉	클	하	다				

◦ [형용사] 감정이 북받쳐 올라 갑자기 가득차 넘치는 듯한 느낌이 있다

털털거리며 돌아가던 선풍기가 왼쪽으로 고개를 돌리다 말고 힘겹게 끽끽거리는 소리를 냈다. "야, 선풍기 머리 좀 한 대 쳐 봐, 시끄러우니까." 수박을 먹고 있던 평범한 여름날의 저녁이었다. 동생의 뜬금없는 말이 나오기 전까진.

"아빠, 나 자전거 가르쳐줘."

부탁의 대상이 된 아빠도 놀랐지만 얼떨결에 들은 나도 놀라긴 마찬가지였다. '줘'로 끝나긴 했지만 어쩐지 선포와 같은 그 비장한 말의 무게가 놀랍기도 했고, 그 말을 하는 동생이 이미 스무 살은 진작 넘은 다 큰 애였다는 사실 때문이기도 했다.

배움에 무슨 나이가 있어요, 나이는 숫자에 불과해요, 라는 말로 타인도 나 자신도 위로하며 살아왔다지만 자전거를 배우겠단 동생의 말에는 좀스런 마음이 먼저 들었다. 아니, 걘 운동 신경이 제로에 가깝다 못해 마이너스를 찍는데, 그리고 집에 자전거도 없고, 하는 핑계들부터 불쑥불쑥 떠올랐다.

무엇보다도 이제 와 뜬금없이 자전거를 배우겠다며 나이 든 아빠를 괜히 부려먹는 게 영 탐탁지 않았다. 자전거는 앉아서 배우는 사람보다 뛰면서 가르치는 사람이 더 힘든 일이다.

두더지 잡기 게임처럼 그제는 이가 아프다, 어제는 무릎이 시리다, 오늘은 어깨가 아프다며 온 군데가 돌아가며 아픈 아빠였다. 딸에게 자전거를 가르치는 그런 아빠의 역할을 하기엔 아빠의 나이가 너무 많았다.

야, 갑자기 무슨 자전거? 그냥 나 예전부터 배우고 싶었어. 뭐래, 너 못 타잖아. 초등학생 때 몸 가벼울 때도 못 탔는데 무슨 이제 와서. 뭐? 나도 세발자전거까지는 좀 탔어, 하는 자매의 논쟁이 오갔다. 그래도 자신이 없었던 건 동생도 마찬가지였는지 그대로 넘어갈 듯했는데 아빠가 대뜸 오케이를 외쳤다. 그래, 내가 가르쳐줄게, 하는 단순 명쾌한 수락이었다.

그 길로 그 주의 주말에 아빠와 동생은 자전거를 빌려 월드컵 공원으로 나갔다. 온도도 습도도 최고치를 찍는 팔월의 땡볕. 더우니까 해 지고 가라는 나의 만류에도 어두워지면 위험하다며 아빠는 일찍부터 채비를 했다. 그냥 둘이 보낼까 하다가 심심하다는 핑계로 나도 같이 따라나섰다. 여차하면 아빠는 그냥 쉬라고 하고 못 이기는 척 내가 가르쳐줘야겠다는 생각이었다.

이른 오전 이 날씨에 자전거 타러 나오는 건 우리밖에 없을 거라고 생각했는데 뜻밖에도 많은 가족들이 삼삼오오 나들이를 나와 있었다. 신기하게도 대부분이 아빠가 아이들에게 자전거를 가르쳐주고 있는 모습이었다. 앙증맞은 자전거를 탄 아이들 틈에 아빠와 동생도 자전거를 세우고 자리를 잡았다. 딴 건 몰라도 우리 아빠랑 동생이 나이로는 이미 일등이네. 그늘 밑에 자리를 잡고 앉으며 생각했다.

"자, 여기 페달에 한 발을 먼저 올리고."

"이렇게?"

"그렇지, 잘하네."

"아빠, 잘 잡고 있는 거 맞지?"

"어, 괜찮아. 아빠가 꽉 잡고 있어. 쭉 밟아봐."

초등학생이었던 나에게 자전거를 가르쳐주었던 것도 아빠였다. 그때처럼 아빠는 동생의 자전거가 비틀거릴 때면 부리나케 뛰어와 핸들을 잡아주었고 힘주어 페달을 밟을 때면 그 속도를 따라잡기 위해 몇 미터씩을 더 뛰기도 했다.

그러나 날쌔게 움직이던 것도 잠시, 무릎에 손을 짚은 채로 숨을 고르는 시간이 점점 길어졌다. 역시 이제는 나이가 있어 힘들겠지 싶어 자리를 털고 일어났다. 천천히 걸어갈수록 낯선 풍경이 눈에 가까워졌다.

어린아이들보다 두 배는 훌쩍 큰 동생이 자전거에 어설픈 자세로 올라타 있다. 흰머리가 성성한 아빠가 구슬땀을 흘리며 자전거의 안장을 잡고서 뛰고 있다. 안장을 몰래 놓고 있는 시간이 조금씩 길어지더니 아빠가 슬쩍 손을 뗐다. 아빠, 잡고 있지? 어, 잡고 있어, 하는 전 국민이 다 아는 거짓말도 해가며.

비틀거리던 동생이 곧 중심을 잡더니 어설프게 페달을 돌렸다. 그렇지, 잘하네. 아빠가 웃었다, 그때처럼. 팔월의 해가 눈부셨다. 그 웃음에 걸어가다 말고 우뚝 섰다. 딸에게 자전거를 가르치는 그런 아빠의 역할을 하기엔 아빠의 나이가 너무 많다고 생각했던 내 모습이 떠올랐다. 이제는 아빠에게 그런 역할을 기대하는 게 아빠를 힘들게 하는 것이라고 믿고 있었던, 철없는 내 모습이.

동생이 멀리 나아간다. 눈에서 보이지 않을 때까지 오래 지켜보고 있던 아빠가 슬쩍 뒤로 돌아 땀에 젖은 이마를 손등으로 얼른 훔쳐냈다. 그 모습이 자식이 커가는 과정을 지켜보는 아빠의 모습 같아 콧잔등이 시큰해졌다. 동생이 뒤늦게 자전거를 배우던 날, 나도 뒤늦게야 배웠다. 아빠라는 이름에 너무 많은 나이란 없다는 것을.

사방에서 아이들의 맑은 웃음소리가 들려온다. 그만 쉬라고 말리려다 말고 다시 자리로 돌아와 앉으며 생각했다. 얼른 저 수업이 끝났으면. 그래서 나도 아빠한테 시원한 아이스크림이나 사달라고, 오랜만에 어리광이나 한 번 실컷 피워봤으면.

7

부	끄	럽	다				

◦ [형용사] 볼 낯이 없거나 떳떳하지 못하다

어린 시절부터 강아지와 함께 자랐다. 가족 사항을 적는 가정 통신문에 키우던 강아지의 이름까지 적어냈던 적도 있을 정도니 정말 말 그대로 함께 자랐다.

부드러운 털을 쓰다듬고 동그란 눈을 들여다보는 게 좋았다. "띵동!" 소리를 내며 반질반질한 코끝을 만지고 발바닥을 들어 콤콤한 냄새를 맡는 것도 좋았다. 달리기를 하고 함께 바닥을 뒹굴고 지저분한 흙장난을 할 때면 친구도 필요 없다고 생각하며 혼자 뿌듯하기도 했었다. 밖에서 돌아오면 가장 먼저 반겨주고 같이 나가 놀고 같이 잠도 자는 그 따뜻한 존재가 이루 말할 수 없이 좋았다.

그렇게 오래 키운 강아지가 세상을 떠났을 땐 그 마음을 함부로 말하고 싶지 않을 만큼 슬펐다. 인생의 반을 함께 보낸 나의 오랜 친구인데 죽음은 어떻게 이 긴 시간을 단숨에 가름해버리고 마는 걸까. 잃는 것과 잊는 것이 완전히 다르다는 사실을 처음으로 깨달은 때였다.

동물을 키우지 않겠다는 다짐은 그때부터 이어졌다. 한 해, 두 해가 지나며 아픈 기억은 차츰 흐려졌지만 반대로 다짐은 선명해지기만 했다. 그러니 생각도 못한 일이었다. 그처럼 오래 지켜오던 다짐이 어느 우연하고도 사소한 일 때문에 깨지리란 건.

그저 지나가다 우연히 봤던 길고양이와 한 지붕 아래에 살게 된 지도 벌써 여러 달. 고양이와 함께 살기 전까지는 왜 '집사'라는 명칭을 써가며 고양이를 모시는 걸까 참 궁금했었는데 그런 궁금증은 우리 집 '뭉치'와 살면서 자연스레 해소가 됐다.

고양이는 부르면 오지 않는다. 고양이는 배웅을 해주지 않는다. 고양이는 산책을 다니지 않는다. 그러니까 고양이는, 그동안 내가 알던 반려동물과는 거리가 멀었다. 밥도 자기가 내킬 때 먹고, 나갔다 돌아와도 내킬 때만 마중을 나와 주었다. 만져달라는 듯 옆에 앉아 있다가도 손을 뻗으면 휑하니 가버리고 곧 다시 돌아와서 머리를 비비기도 했다.

아무래도 뭉치가 길냥이 출신이다 보니 집냥이로서의 삶이 아직 어색해서 그런가 보다 싶었다. 그 까닭에 어설프게나마 사람을 따르게끔 훈련을 시켜보려 노력하기도 했었다. 사료 몇 알, 간식 몇 입으로 열심히 어르고 달래가면서. 그러나 어쩐 일인지 뭉치는 도통 훈련이 되지 않았다. 이런 방법, 저런 방법을 다 동원해도 마찬가지였다. 이쯤이면 강아지는 바뀌었던 것도 같은데 고양이는 여전히 그 모습 그대로였다.

답답하기도, 힘이 빠지기도, 뭉치가 좀 이상한 고양이가 아닐까 하는 생각도, 부끄럽지만 괘씸하다는 생각도 조금 했다. 고된 떠돌이 생활을 접고 안락한 집에서 살 수 있도록 데려와 줬는데 어떻게 이럴 수가 있지, 강아지는 이만큼 해줬으면 이미 사람을 따르고도 남았을 텐데 쟤는 어떻게 고마워하지도 않는 거지, 정말 뻔뻔한 고양이 같으니! 하는 치사하고 좀스런 마음이 일었다.

그런 마음에 곱지 않은 눈빛으로 뭉치를 흘겨보고 있는데 뭉치가 문득 나와 눈을 마주치더니 한참을 뚫어져라 바라봤다. 잠시간 이상한 자존심을 건 눈싸움을 하다가 결국 내가 먼저 고개를 돌리고 말았다. 부끄러웠다. 그런 생각을 하는 나를 꿰뚫어보는 듯한 뭉치의 눈빛에 부끄러웠다.

사실 그랬다. 고양이는 강아지가 아니었다. 고양이는 그저 고양이고, 뭉치 역시 뭉치일 뿐이었다. 그런 고양이에게 강아지 같길 바라고 심지어 강아지 같지 않다고 괘씸하게 여기는 마음이라니. 훈련이 필요한 건 고양이가 아니라 나 자신이었을지도 모른다.

여전히 뭉치는 부르면 오지 않는다. 뭉치는 배웅을 해주지 않는다. 뭉치는 산책을 다니지 않는다. 대신, 뭉치는 가끔 부르지 않아도 온다. 뭉치는 기분이 좋을 때 꼬리를 세우고 마중을 나온다. 뭉치는 산책 대신 함께 낮잠을 잔다. 뭉치는 그저 자기가 있고 싶은 곳에 있고, 먹고 싶을 때 먹고, 옆에 있고 싶을 때 있고, 혼자 있고 싶을 때는 혼자 있을 뿐이다.

이처럼 뭉치를 온전히 받아들이기 전엔 뭉치의 성격이 '동물답지' 않아 훈련이 필요하다고도 생각했었지만, 그 한결같은 모습에 내 사고를 바꾸기로 했다. 세상에 '동물다운' 것은 없고, 뭉치는 '자기다울' 뿐이라고. 그러니 밖에서 살던 것을 데려왔으니 고마운 줄 알아라, 할 게 아니라 밖에서 살던 것을 내 마음대로 데려왔으니 뭉치가 너그럽게도 우리와 살아주는 것이라 생각하자고. 고양이의 발걸음은 유난히도 소리가 없는데, 뭉치는 내 마음에도 그렇게 다가왔나 보다.

고양이 키우기란 평생 남의 일인 줄 알았는데 뭉치와 함께 살게 된 뒤론 모든 고양이들이 달리 보인다. 고양이의 종 파악은 물론 고양이의 언어, 고양이의 장난감, 고양이의 꼬리, 고양이의 기분까지 느리지만 하나씩 알아가는 중이다. 그러다 최근에 새삼 달리 보이게 된 것이 유명한 소설의 제목,《나는 고양이로소이다》였다. 전에는 그저 그런 제목이었다면 이제는 그 말이 '역시나'로 보인다. 역시나! 고양이는 고양이인 것을. 뭉치는 뭉치로소인 것을!

8

이	해	하	다				

◦ [동사] 잘 헤아려 너그럽게 받아들이다

이해라는 이름의 친절한 위선

연인 사이나 친구 사이, 가족들의 사이를 생각할 때 떠오르는 마음은 아마 이해의 마음일 것이다. 사전으로 찾아본 이해는 '깨달아 알다', '잘 알아서 받아들이다'는 뜻이라고 한다. 깨달아 알 수 있게 말하는 사람과 잘 알아서 받아들이는 사람이 서로에게 귀 기울이듯. 이해는 홀로 생겨나는 마음이 아니라 사이에서 생겨나는 겹의 마음이다.

이런 까닭에 이해가 타인을 향한 배려의 마음이라 여겼던 적이 있었다. 그의 입장이 다른 것 같아도, 혹은 그의 입장이 틀린 것 같아도 내 나름으로 그를 이해하기. 그러기 위해선 충분한 대화가 오가야 하고 필요시에는 약간의 논쟁이 오갈 수도 있다고 생각하며.

그러다 가끔은 부끄럽게도, 그보다 우위에 서기 위해 결국 내가 이해하겠다는 명목을 앞세우기도 했다. 그런 나의 모습을 보고 있자니 이해라는 이름이 문득 낯설어졌다.

내가 그를 이해할 준비가 되지 않았거나 그가 이해를 구하고 싶지 않음에도 어떻게든 서로를 이해하자고 다그치는 태도가 과연 배려일 수 있을까. 내가 이해한다는 또는 이해해보겠다는 위압으로 몰아세우는 것은 진정한 이해가 아니었다.

그것을 깨닫고 난 뒤로 나는 전보다 조금 포기가 빠른 사람이 되었다. 이해에 대한 포기가 아니라 배려를 가장한 나의 고집에 대한 포기이다. 이해를 묻고 싶지 않은 사람의 입장을 더 섬세하게 존중하고, 이해할 준비가 되지 않은 나 자신을 조금 더 영민하게 이해하기 위해서다.

마음에도 사람의 사이에서처럼 적당한 거리가 필요할 때가 있었다. 때때로 이해는 이해하지 않음으로써 이루어질 수 있는 것이기도 했다.

9

소	중	하	다				

◦ [형용사] 매우 귀중하다

생애 한 번뿐인 생일

은숙아, 처음으로 네게 편지를 써. 쑥스럽지만 오늘은 내 생일이잖아. 매해 돌아오는 생일이지만 나는 어쩐지 생일을 맞을 때마다 항상 어색해. 일 년에 단 한 번뿐이어서일까. 잊을 만하면 어느새 바람처럼 돌아와 있기 때문일까. 그도 아니면 생일을 맞을 때마다의 내가, 매번 다른 나이여서 그런 걸까.

두 손으로 세기에 손가락이 모자란 나이가 되었다고 생각한 적이 있었는데 이제는 발가락까지 합쳐도 다 셀 수가 없는 나이가 되었어. 어렸을 땐 교복을 입으면 대학을 가면 운전면허를 따면 취직을 하면 어른이 되는 줄 알았지만 그 모든 것들을 겪은 지금도 여전히 어른이라는 단어와는 영 어울리지 않은 것 같은 기분이야. 케이크의 초는 일 년에 하나씩만 늘어나는데 그 느린 속도를 따라가기도 나는 왜 이렇게 버거운 걸까. 내 나이대로면 이제는 어른으로 홀로 서야 하는데 사실 아직도 그 역할이 마냥 무겁고 낯설게 느껴지기만 해.

그러다 그런 생각을 해봤어. 아직 걸어보지 않은 길에 남은 희망을 매달아보듯 혹 내가 결혼을 하면, 또 어쩌면, 나를 꼭 닮은 아이를 낳으면 그때는 정말이지 어엿한 어른이지 않을까 하고. 참 유치한 바람이지만 그렇게라도 아직 어른이 낯선 나에게 조금의 시간을 벌어주고 싶어서.

은숙아, 그러다 나와 같은 나이의 네 생각이 났어. 그때의 너는 나와 닮은 얼굴로 교복을 입고 있어. 대학교에 입학하던 날엔 선배들과 동기들과 왁자하게 어울려 술도 마셨을 거야. 스무 살의 너도 꽃무늬 원피스를 입고 빨간 하이힐을 신었을까? 아니야, 어쩐지 너는 짧은 단발머리에 멜빵바지를 입었을 것만 같아. 이제는 누구도 묻지 않는 기억이지만 잊지 않기 위해 기억하고 있는 사랑과 이별의 선연한 흔적들을 스물 둘과 셋의 마음에 새겼겠지.

그러다 스물다섯의 나이에 한 남자를 만나 그와 사랑에 빠지고 남은 생을 함께하기로 약속했겠지. 다시 몇 번의 계절이 지난 이십여 년 전의 오늘, 내 생일에, 나와 같은 나이였던 너는 나를 낳았겠지.

그때, 그때, 엄마.

엄마는 얼마나 어른이었을까?

어린 딸을 어르고 달래던 앳된 얼굴을 나는 기억해. 주름 없이 통통한 분홍빛 손가락, 그 열 손가락에 깃든 다정한 손길을 기억해. 주근깨 박힌 얼굴로 허리를 젖혀가며 웃던, 내복 바지를 입은 어린 나에게 걸음마를 가르치던 따뜻한 봄날을 기억해. 함께 주운 가을 낙엽을 코팅해 앨범에 넣던 노란 저녁을 기억해. 내가 처음으로 끓였던 설익은 라면을 맛있게 먹어주던 느린 일요일을 기억해. 떨어져 다친 나를 등에 업고 시장을 내달리던 겁에 질린 얼굴을 기억해. 아빠와 다툰 날, 수도꼭지를 틀어놓고서 몰래 흘려보내던 외로운 등허리를 기억해. 스물일곱의, 꼭 나와 같은, 그래서 어른이라는 이름이 낯설었을, 나와 닮은 얼굴의 너를 나는 기억해.

은숙아, 처음으로 너를 네 이름으로 불러. 스물일곱의 엄마가 나를 낳았던 오늘, 이제야 스물일곱이 된 내가 엄마의 이름을 불러. 내 생애 단 한 번뿐인 생일, 하나뿐인 나의 오랜 친구야. 오늘 나의 엄마가 되어주어서 고마워.

10

속	상	하	다				

◦ [형용사] 마음이 불편하고 우울하다

잘 가, 우리 강아지

주말에는 봄옷을 꺼내두려 옷장을 정리했다. 몇 년 묵은 옷들은 따로 모으려고 박스를 뒤집는데 옷 사이로 조그마한 옷이 떨어졌다. 이 옷이 여태 여기 있었다는 게 믿기지 않아 앞뒤를 여러 번 뒤집어보다 얼굴을 묻고 킁킁 냄새를 맡았다. 손바닥만 한 그 옷은 오 년 전 무지개다리 너머로 떠난 우리 집 강아지가 입던 옷이었다.

방석이는 내가 초등학생이었던 때부터 대학생이 될 때까지 함께 살 부비며 살았던 강아지였다. 십 년은 훌쩍 넘게 살았으니 사람 나이로는 이미 호호 할머니에 가까운 나이였지만 우리 집에서는 언제나 막내였다. 지금 생각해도 웃음이 나오는 '방석'이라는 이름은 처음 데려왔을 때 보았던 모습을 보고서 붙여주었던 이름이었다.

어린 강아지였던 방석이는 다리 힘이 약해 아장아장 걷다가도 납작하게 미끄러지곤 했었다. "얘 누워 있는 거 봐, 진짜 방석 같아", "진짜 방석 같으니까 진짜 방석이라 부를까" 하는 자매의 대화에 "삼천갑자 동방삭같이 들리니 뭐 오래 살 거 같아서 나쁘지 않네" 하고 아빠도 슬며시 동의해주었다. 정말 이름이 그래서인지 방석이는 오래 살았다. 아픈 곳도 없이, 언제나 있어줄 것만 같이 살았다.

나이가 들면서 조금씩 아픈 곳들이 하나둘 생기긴 했지만 심각한 수준이라고는 생각하지 못했다. 눈이 조금 탁해지고 이빨이 약해진 것 같아 병원에 데려갔더니 자연스러운 노화의 증상이라고 했다. 방석이는 뛰어놀지 않으려 했고 침대에 뛰어오르는 것도 자주 주저했다. 아무리 자연스러운 노화라도 나에게는 자연스럽고 태연하게만은 받아들이기 힘든 모습들이었다. 우리 집 아기 강아지가 할머니 강아지가 되어가는 과정을 지켜보며, 노화에는 어떤 명약도 쓸 수 없다는 것을 뼈아프게 실감했다.

몸이 더 약해지면서부터는 방석이가 체온 조절을 잘 하지 못했다. 그동안은 불편할까 봐 옷이나 신발 등을 잘 입히지 않았었지만 그때는 옷을 사 와다 입혔다. 힘이 없는 와중에도 낯설고 싫은지 옷을 입히려고 하면 도망을 가는 바람에 나와 동생이 달래고 혼내가며 겨우 옷을 입혔다. 옷을 입는다고 해서 병이 싹 나을 리는 없지만 단 며칠이라도 곁에 머물러주길 바라는 간절한 마음이었다.

그리고 며칠 뒤, 우리는 동물병원 수술실에서 방석이의 옷을 다시 벗겨주어야 했다. 차가운 스테인리스 수술대 위에 누워 있는 모습이 내가 본 방석이의 마지막 모습이었다. 그때 방석이에게 입혔던 옷을 어떻게 했었는지는 기억하지 못했다. 옛날 옷들 사이에서 그 옷을 발견하기 전까진. 정신이 없어 챙기지 못했을 거라고만 생각했었는데 이 옷이 여태 여기에 있었을 줄은. 앞뒤로 여러 번 뒤집어서 보고 얼굴을 묻고 냄새도 맡았다. 희미하지만 방석이 냄새가 났다.

더 살펴보니 그 무렵 내가 입었던 옷들에는 방석이 털들이 몇 가닥씩 붙어 있었다. 털 빠진다고 매일 빗질을 시키고 옷방에는 들어가지도 못하게 했는데, 몇 년이 지난 지금까지 방석이의 흔적들이 군데군데 남아 있었구나. 마음 한쪽이 짠해지면서도 발견한 게 신기해 얼른 동생을 불러다 방석이 옷을 보여주었다.

우리는 어떻게 이 옷이 아직도 있냐며 신기해하다가 방석이가 이걸 얼마나 입기 싫어했는지, 그런데도 애가 착해서 입혀놓으면 또 얼마나 얌전했는지, 참 얼마나 예쁘고 귀여운 강아지였는지, 그런 시시한 이야기들을 나누었다. 그러다 유난히 방석이를 예뻐했던 아빠에게도 보여줄 생각으로 거실 의자에 방석이 옷을 걸어두었다.

다음날 아침 일찍 거실로 나가 보니 방석이 옷이 어제 놓인 모양 그대로 놓여 있었다. 아빠한테 말하려다 나중에 물어볼 생각으로 그대로 두고 나갔다. 그러다 밤에 돌아와서 거실 의자 위를 봤는데 방석이 옷이 없었다. 동생한테 물어보니 아빠가 치웠다고 말을 흐렸다. 어디다 치웠냐고 재차 물었더니 조금 머뭇거리다 보기 싫게 놔뒀다며, 아빠가 버렸다고 했다.

그 말을 듣는 순간 화가 나 아빠에게 큰소리로 말했다. 아빠, 방석이 옷 버렸다며! 그게 그냥 개 옷도 아니고, 방석이 옷인데. 마음에 안 들면 가져가라고 하던가! 다시 살 수 있는 것도 아닌데 그걸 어떻게 버릴 수가 있어! 쏘아붙이는데도 아빠는 별다른 말을 하지 않았다.

혼자서 계속 성낼 수는 없는 노릇이라, 결국 씩씩거리며 방으로 들어왔다. 지금이라도 나가서 그 옷을 찾아와야 하나 궁리하고 있는데 동생이 방으로 따라 들어왔다. 화살을 동생한테 돌리려는데 동생이 말했다. 그게 사실, 아빠가 속상했나 보다고. 속상해서 그냥 못 본 척하려다가 못 본 척도 못하겠어서, 결국 버린 거 같다고.

거기까진 생각하지 못했던지라 말문이 막혔다. 화가 잔뜩 나 부풀었던 마음이 바람 빠진 풍선처럼 쪼그라들었다. 그 옷을 보면 방석이 생각이 나고, 그래서 마음이 아플 거라고는 미처 생각하지 못했다. 아빠에게 했던 말처럼 그 옷은 그냥 개 옷이 아니고 방석이 옷이었으니까. 개 주워오면 내다 버린다던 아빠는 가족 중에서도 방석이를 가장 예뻐했었다. 뒤늦게 거기까지 생각이 드니 아빠에게도, 동생에게도 미안해졌다.

알았다고 대답하고 방문을 닫고 앉아 눈물을 훔쳤다. 아빠의 마음은 이해가 되었지만 그래도 그 이유로 하나뿐인 방석이 옷을 버린 건 아무리 생각해도 속상하다. 어디 잘 보관해두었다가 보고 싶을 때 꺼내서 만져보기라도 할 수 있었으면 좋았을 텐데.

괜히 빈자리를 쓸어보다 옷에 붙어 있던 방석이 털 몇 가닥을 주워 작은 핀 케이스 안에 넣어두었다. 간직할 줄 모르고 훨훨 보낼 줄만 알았던 우리 가족을 방석이가 여태 기다려준 고마운 흔적이니까. 옷은 버렸지만 털은 이렇게 간직할 수 있어 다행이지. 언젠가 우리 강아지 보고 싶을 때, 가끔 꺼내서 만져라도 보게.

11

이	상	하	다				

◦ [형용사] 지금까지 경험이나 지식과는 다르다

영하 오 도쯤은 시원하게 느껴지던 한겨울에 '삶과 죽음의 이해'라는 교양 수업을 들은 적이 있다. 계절 학기라는 아웃사이더적 특성 때문인지 아니면 삶과 죽음을 두 배로 배워야 할 것 같은 느낌적인 느낌의 강의명 때문인지 신청자가 많지 않아 폐강될 뻔했던 수업이었다. 해가 바뀐 1월에는 미끄러운 빙판길을 피해 종종걸음으로 학교에 갔다. 입김이 말풍선처럼 피어오르던 날들이었다.

많은 학생들이 계절 학기를 좋아하지 않지만 나는 그래도 좋아하는 편이었다. 계절 학기에는 정규 학기가 아니라야 느낄 수 있는 계절 학기만의 독특한 분위기가 있었다. 그 분위기라 함은 학점 미달자들이 모인 우울하고 도태된 분위기, 는 아니고 초등학교처럼 매일 학교를 가서 매일 있는 반 친구들을 보는 소박함에서 비롯된 것이었다.

그 수업은 수강 인원이 특히나 더 적었던 탓에 정말 초등학교 시절에 그러하였듯 모든 학생들끼리 두루두루 친하게 지냈다. 우리는 삶과 죽음의 이해라는 긴 수업명을 단 두 글자로 줄여 '삶죽'으로 부르곤 했는데 삶과 죽음이 한 단어 안에 들어 있는 게 듣기에도 부르기에도 썩 마음에 들었다.

삶죽 교수님은 조금 독특한 분이셨다. 사실 '죽음의 이해'로 강의명을 지으려 했지만 학교에서 끈질기게 반려해 어쩔 수 없이 '삶과'를 구겨 넣었다는 말로 강의 소개를 대신하셨다. 덕분에 강의는 삶 따위는 제외한 죽음, 구체적으로는 장례의 역사, 애도의 문화, 죽음을 은유한 미술과 음악, 종교 등 다방면의 것들을 배우는 시간들로 이루어졌다.

그동안 학교에서 교양으로 구분되는 수업들을 들어오긴 했어도 그것은 전공이 아닌 과목의 총칭이었을 뿐, 딱히 교양이라고는 생각하지 않았는데. 처음으로 진짜 교양을 배운다는 생각이 드는 교양 수업이었다.

그렇게 배움에 재미가 붙어 어떤 날은 눈이 오고 어떤 날은 눈이 더 많이 왔음에도 수업은 한 번도 빠지지 않고 출석했다. 노트 한 권을 꽉 채울 정도로 많은 것을 배웠지만 시간이 지나며 아쉽게 대부분의 내용은 잊고 말았다. 다만 아직까지도 기억나는 것은 딱 하나. 울음과 애도의 방식에 대한 단편적인 기억이 그것이다.

"그때와 지금은 애도의 방식에서 큰 차이가 있어요. 그때는 놀랍게도 다 같이 모인 자리에서만 울었답니다. 그러니까 반대로 아무도 없는 곳에서 혼자 우는 게 이상했던 시대였어요."

교수님께서 물으셨다.

"정말 이상하죠?"

그러다 다시 말씀을 이으셨다.

"그런데 이게 이상하다고 생각해보니까 그래요. 지금의 우리는 다 같이 모인 자리에서 울지는 않지만 대신 다 같이 웃어요. 반대로 지금은 아무도 없는 곳에서 혼자 웃으면 이상하다고 한단 말이에요."

교수님께서 다시 물으셨다.

"어때요. 정말 이상하죠?"

창밖에서는 눈이 내렸고 머리 위에서는 히터의 건조한 바람이 느리게 불어왔다. 교수님의 목소리가 귓바퀴에서 둥글게 맴을 돌았다. 정말 이상하죠? 네, 둘 다 정말 이상하네요, 라고 생각했다가 아니요, 둘 다 전혀 이상하지 않은데요, 라고 생각했다. 웃음과 울음은 꼭 자음 하나 만큼의 차이가 난다. 그 작은 틈 사이에서 울고 웃는 동안, 사람의 일생이 지나간다.

눈이 내리는 창밖을 멀거니 응시했다. 몇백 년 전의 혼자 울었던 그 사람은 알까. 몇백 년 후의 나는 당신을 이해하고 있다는 것을. 몇천 년 후의 그 사람은 이해할 수 있을까. 혼자 울고, 가끔은 혼자 웃기도 하는 나를.

살면서 무엇도 양극단으로 보지 않으려 무던히 노력하고 있지만 수업만큼은 그 잣대를 거두기가 쉽지 않다. 어떤 수업은 아무것도 배운 것 없이 끝나기도 하고 또 어떤 수업은 단 한 가지만을 배우면서 끝나기도 한다.

삶죽 수업의 경우 비견할 수 없이 후자였다. 그 수업에 대하여 기억하고 있는 것, 혹은 배운 것이라곤 이것 하나뿐이다. 어쩌면 이를 기억하게 된 까닭은 그 이야기를 들었을 때의 기분, 설명할 수 없는 이상한 기분 때문이었을 테다.

삶죽 교수님께서는 삶을 가르치지 않으셨다. 그러나 나는 죽음을 배우면서 삶을 배웠다. 교수님의 강의명이 그러했듯, '삶과'를 뺀 나머지로도 삶이 될 수 있다는 것. 그러니 죽음은 삶과 다르지 않다는 것. 어쩌면 나는 잘 죽기 위해 잘 살려고 노력하고 있는지도 모른다. 생각하면 그 사실이 이상하다가 이상하지 않다.

12

익	숙	하	다				

ㅇ[형용사] 자주 대하거나 겪어 잘 안다

익숙한 말을 뒤집어 생각해보는 것을 좋아한다. 그것이 어디서 어떻게 생겨났는지, 나에게는 언제 어떻게 다가왔었는지 기억이 나지 않는 말들. 그래서 그 말을 들어도 더 이상 어떠한 감응도 들지 않게 된 낡은 말들. 그러나 그처럼 오랜 발화의 풍화에 무뎌진 말일지라도 그것을 뒤집어 생각해보는 순간, 그에 깃들어 있던 내 마음도 생경한 뒷모습을 내보이는 게 느껴진다.

'괴로워도 슬퍼도 나는 안 울어'라는 캔디의 주제곡에는 괴롭고 슬프면 나는 운다고 말하고 싶다. '사랑은 돌아오는 거야'와 같은 유명한 드라마의 대사에는 돌아오지 않으면 사랑이 아닌 거냐고 되묻고 싶다. '남자가 칼을 뽑으면 무라도 썰어야지'라는 흔한 관용구에게는 성급하게 칼을 뽑은 그 사람 때문에 난데없이 두 동강 나게 생긴 무의 입장은 생각도 않느냐고 따지고 싶어진다. 그처럼 익숙한 말들 중에서도 유독 머릿속에 오래 남았던 것은 '가장 빛나는 날은 아직 오지 않았다'는 말이었다.

언젠가의 연말이었다. 지나간 날들을 곱씹기엔 지난한 날들이었고, 다가올 날을 설레며 기다리기엔 절망의 이력만이 많았다. 그런 어지러운 마음을 나누던 차에 누군가 내게 그런 위로의 말을 건넸다. 괜찮아, 더 좋아질 거야. 가장 빛나는 날은 아직 오지 않았다고 하잖아.

그 말이 한 음절씩 마음으로 와 차곡차곡 쌓였다. 가만히 고개를 끄덕였다. 그래, 아직 나는 빛나는 날이 아닌 거겠지. 그런 날이 곧 오겠지, 하며. 가져본 적 없는 희망에 걸린 '아직'이라는 가능성은 얼마나 달콤한가. 그 희망에 기대어 언젠가 다가올 빛나는 날을 다시금 기다려보기로 마음을 다잡기도 했었다.

살다가, 살다가 가끔 빛나는 날인가 싶은 날이 하루 있더라도 아니야, 이 정도는 아니지. 이보다 더 좋은 날이겠지, 생각했다. 그러는 사이에도 시간이 흘렀고 봄은 왔다. 한 해를 꼬박 기다렸으나 선물처럼 다가올, 빛나는 날은 좀처럼 모습을 드러내주지 않았다.

언젠간 하늘의 별처럼 환히 빛나는 날이 내게도 오리라, 위안을 삼고는 있지만 그 빛나는 날이란 대체 언제 오는 걸까. 그러다 문득 다시 생각해봤다. 이렇게 가장 빛날 하루를 위해 기다리고 있는 나의 수많은 날들은 어떤 날인가. 가장 빛날 하루를 위한 희생의 날들에 불과한 날인가.

무화과라는 이름의 열매가 있다. 꽃 없이 맺힌 열매라 하여 붙은 이름이다. 그런데 이 이름이 무화과에게는 퍽 아쉬운 뜻이다. 무화과는 사실 수많은 작은 꽃들을 꽃주머니 안에 가지고 있다. 겉에서 보이지 않는다고 하여 꽃이 없는 것은 아니다. 다른 꽃보다 눈에 띄는 화려한 꽃을 피우지 않고도 제 열매를 맺는 무화과를 바라보며 생각한다. 나 또한, 지금까지의 모든 소중한 날들을 빛나지 않은 날로 부를 이유는 없었다.

가장 빛나는 날은 아직 오지 않았다. 이제는 그 말을 이렇게 바꾸어 말하고 싶다. 가장 빛나는 날은 우리에게 이미 왔다고. 그리고 각기 다른 빛으로 빛날 날들은 앞으로도 무수히 올 것이라고. 그러니 우리, 빛나지 않는 오늘을 사랑하는 건 어떤가. 살아온 무수한 날들을 더 사랑해보는 건 어떤가. 제 안에 작은 꽃을 틔우는 무화과처럼. 오늘이란 꽃을 품은 우리에게도, 지금 이 순간이 가장 빛나는 날일 테니까.

서툰 마음

1

자	유	롭	다				

◦ [형용사] 무엇에 얽매이지 않고 마음대로 할 수 있다

거짓말은 그때부터 했다. 학교를 가고 있던 어느 가을 아침, 가로수 밑에서 죽은 참새 한 마리를 발견한 날이었다. 겁이 나 얼른 지나가려다 호기심을 이기지 못하고 참새에게로 살금살금 다가갔다. 한 발짝 떨어진 곳에서 고개를 쭉 빼고 살펴본 참새는 상상했던 모습과는 달리 다친 곳 하나 없이 평온하게 누워 있었다. 작은 아기 참새였다. 참새 옆으로 노란 낙엽 몇 장이 굴러갔다. 꼭 자고 있는 것 같았다.

고민이 됐다. 누군가 못 보고 지나가다 참새를 밟으면 어떡하지? 엄청 큰 새가 와서 참새를 쪼아대면? 발을 동동 구르며 참새의 주위를 몇 바퀴나 돌았다. 학교에 늦으면 안 되는데 참새를 혼자 두고서는 도무지 발이 떨어지지 않았다. 결국 모두 그날 벌어진 일이었다. 학교에 몇 시간을 늦은 것도, 온몸에 흙을 잔뜩 묻히고 간 나를 선생님께서 호되게 혼내신 것도, 죽은 참새를 산에 묻어주고 왔다는 말에 반 친구들의 얼굴이 사색이 된 것도 모두 그날의 일이었다.

그런 일로 학교는 왜 늦으며 병든 새였으면 어떡하려고 함부로 그런 짓을 하느냐고 선생님에게 혼이 나는 내내 서럽게 울었다. 혼내는 선생님이 무서워서가 아니라 이런 일을 하면 혼이 난다는 사실이 무서워서였다. 칭찬받지는 않아도 무섭게 혼날 만큼 잘못한 일일 줄은 몰랐는데. 선생님과 친구들이 나를 이상하게 볼까 봐 두려웠다. 내가 아홉 살이었던 때, 거짓말은 그때부터 했다. 타인에게 하는 것이 아니라 나 자신에게 하는 거짓말들이다.

더 이상 하지 않는 일들이 생겼다. 비 오는 날 길 한복판을 느리게 가로질러 가는 지렁이를 풀밭 위로 옮겨주던 일. 또는 달려오는 자전거에 달팽이가 밟히지 않게 자전거가 다 지나갈 때까지 달팽이 옆에서 걸음을 함께해주던 일.

참새를 뒷산에 묻어주던 날, 나의 아홉 살도 깊은 곳에 묻었다. 때때로 길에서 죽은 지렁이나 달팽이를 볼 때면 묻어두었던 마음이 불쑥 올라오기도 했지만 타인의 시선들이 곧 그 마음을 눌렀다. 나는 이제 그런 걸 봐도 아무렇지 않다고 스스로에게 잘도 거짓말을 해왔다.

며칠 전 한강 쪽으로 산책을 나왔던 날이었다. 산책로를 따라 걷고 있는데 앞서 걸어가고 있는 사람들이 무언가를 피해서 반원을 그리며 걸어가고 있는 것이 보였다. 뭔가 지저분하거나 더러운 게 있나 보다 싶어 멀리서도 꺼림칙했다. 언뜻 보기에 검고 큰 무언가가 있어 비닐봉지인 줄 알았는데 가까이

서 보니 죽어가고 있는 비둘기였다.

어찌 된 일인지 비둘기 한 마리가 길 위에서 죽어가고 있었다. 사람들이 빠르게 지나가는 산책로 한가운데서. 얼른 지나가고 싶었지만 마음과는 반대로 발이 점점 느려졌다. 결국 그 옆에 잠시 멈추어 서서 비둘기를 살펴봤다. 겉으로 보기에 다치지 않은 걸로 봐선 어디에 치인 것 같지는 않았다. 다만 몸 안 어딘가 아픈 것 같았다. 비둘기의 숨이 느리게 꺼져가고 있었다. 그러면서도 제 몸 위로 사람들의 발이 가까이 스칠 때면 그 기척이 무서운지 힘없이 날개를 푸드덕거렸다.

고민이 됐다. 못 본 척하고 그냥 가자, 내가 데려다가 살려줄 수 있는 것도 아닌데, 다른 사람들도 다 그냥 지나가잖아, 이성이 나를 말렸다. 이미 본 걸 어떻게 못 본 척해? 밟히지 않게 어디 옮겨줄 수는 있잖아, 하는 마음도 자꾸만 치고 올라왔다. 비둘기 옆에서 머뭇거리기를 한참. 그날의 기억이 기어코 나의 등을 세게 떠밀었다. 제발, 제발 그냥 가자. 사람들이 나를 이상하게 볼 거야.

괴로웠다. 다른 사람들은 그냥 멀쩡히 잘 지나가고 마는 일로 나는 왜 항상 이러지 하는 자책도 들었다. 그런 바보 같은, 덜떨어진 마음쯤은 분명 그때 깊이 묻어버렸는데, 나는 왜 아직도…. 비둘기를 피해 가던 사람들의 동선이 비둘기와 나를 포함한 동선으로 점차 커져갔다. 눈을 질끈 감았다.

내가 어딘가를 급하게 가는 중인지, 나에게 물었다. 고개를 가로저었다. 내 옆에 누군가 있어 그 사람이 기다리거나 혹은 불편하게 느낄 수 있는 상황인가. 다시 고개를 가로저었다. 나의 등 뒤에 줄곧 따라붙었던 생각도 물었다. 내가 비둘기를 옮겨주는 게 다른 사람에게 이상하게 보일까. 그 질문에는 고개를 가로저을 수가 없었다. 맞아. 분명해. 나는 또 이상해 보일 거야. 지저분한 비둘기를 만졌다고 사람들이 경멸하는 눈빛으로 나를 쳐다볼지도 몰라. 망설이고 있을 때 문득 어느 시의 한 구절이 생각났다.

> 내가 오늘 한 일 중 좋은 일 하나는
> 매미 한 마리가 땅바닥에 배를 뒤집은 채
> 느리게 죽어가는 것을 지켜봐준 일
> 죽은 매미를 손에 쥐고 나무에 기대 맴맴 울며
> 잠깐 그것의 후생이 되어준 일
> (중략)
> 발아래서 퀼트처럼 알록달록 조각조각
> 교차하며 이어지는 상념의 나날들

언제나 인생은 설명할 수 없는 일들 투성이
언젠가 운명이 흰수염고래처럼 흘러오겠지

_심보선, 〈좋은 일들〉

모르는 사람들의 눈 때문에 내가 본 생명을 모른 척 외면하는 게 정말 과연 옳은 일일까. 이렇게 또다시 내 마음을 저버리고도 나는 나에게 떳떳할 수 있을까. 그 질문에는 분명하게 고개를 가로저을 수 있었다.

두 손으로 비둘기를 들어 사람들이 다니는 길에서 조금 떨어진 풀숲에다 조심히 내려주었다. 난생처음 만져본 비둘기는 따뜻하고 부드러웠다. 풀 위에 가방을 놓고 비둘기 옆에 잠시 앉았다. 비둘기의 숨이 느리게 잦아들고 있었다. 나의 말을 알아들을 리는 없지만 비둘기에게 그런 말도 했다. 여기라면 괜찮을 거야.

바람이 불고 풀잎이 흔들렸다. 천천히 눈을 감았다. 무엇 하나 설명할 수 없는 이 세상에서 그럴듯하게 나를 설명해내기 위해 억지로 꾸며왔던 내 모습들이 떠올랐다. 그동안 내가 숨겼던 건 그날의 마음만이 아니라 타인의 눈을 의식해 속여왔던 숱한 나 자신이기도 했다.

언제나 인생은 설명할 수 없는 일들 투성이, 언제나 인생은 설명할 수 없는 일들 투성이…. 무릎에 얼굴을 묻으며 다짐했다. 그래. 인생이 설명할 수 없는 일들 투성이라면 설명할 수 없는 내 마음들을 더 이상 외면하지 않아도 좋겠다. 그러니 더 이상 나를 속이지 말자. 내가 오늘 한 일 중 좋은 일은 비둘기의 마지막을 지켜봐준 일. 그리고 비로소, 나 자신으로부터 자유로워진 일이다.

저물어가는 해를 따라 비둘기와 나의 등 뒤로 노을이 졌다. 괜찮아. 이제 너는 괜찮아. 나는 너를 혼자 두지 않을 거야. 비둘기의 숨을 실은 바람이 느리게 멀어졌다. 다시 나에게 말했다. 괜찮아. 이제 나는 괜찮아. 그러니 나는 내 마음을 다시는 혼자 두지 않을 거야.

2

괜	찮	다					

◦ [형용사] 탈이나 문제, 걱정이 되거나 꺼릴 것이 없다

손으로 하는 일에 서툴다. 그림을 그리거나 악기를 연주하거나 심지어 글을 쓰는 일에도, 사실 서툴다. 더 어렸을 때에는 겁 없이 시도했던 일들도 몇 있었지만 이제는 무엇을 시도하기 전에 몸부터 사린다. 재능이 없다거나 경험이 없다는 그럴듯한 핑계 뒤로 남몰래 숨겨놓고 있는 이유는 따로 있다. 내 일을 내 손으로 망치게 될까 봐 두려운 탓이다.

완벽을 간절히 바랄 때마다 나는 늘 완벽히 실패했다. 완벽주의자라고 하기엔 한 번도 완벽하지 않았고 완벽주의자가 아니라고 하기엔 매번 지나친 완벽을 좇았다. 닿을 수 없는 완벽을 좇으면서부터, 시작보다 끝이 더 어려워졌다. 새로 시작한 무언가를 완성하려 노력할수록 완벽할 수 없다는 사실만 확인하게 되는 악순환이었다.

몇 번의 실패를 겪은 뒤로 나에게 완성은 차라리 체념이 됐다. 애써 이룬 결과가 썩 마음에 들지 않아도 그저 포기하고 받아들이기로. 미흡한 완성에 힘을 쏟기보다 나의 부족함을 핑계로 한 발 일찍 체념을 택하는 편이 더 상처받지 않는 방법이라 믿었다. 그 견고한 믿음에 균열이 생긴 순간은 어느 평범한 날에 찾아왔다. 작은 도예 공방 앞을 우연히 지나갔던 날이었다.

연희동을 걷다 야트막한 언덕에 자리한 공방을 지나쳤다. 살짝 열린 공방의 문 뒤로 아기자기한 도자기들이 노란 햇살을 받아 느리게 반짝이고 있었다. 그 햇살이 내게 꼭 반가운 손짓을 하고 있는 것 같아, 오랫동안 눈을 떼지 못했다. 어쩐지 저 공간에서라면 무엇을 만들어도 잘 만들 수 있을 것 같다는 묘한 기대가 솟았다.

그 길로 수업을 신청해 주말에 곧바로 공방을 찾아갔다. 여섯 명이서 쓰는 널따란 원목 테이블 위에 동그란 흙 반죽 하나와 작업용 도구들이 가지런히 놓여 있었다. 조각칼도, 스케치용 펜도, 주걱도, 모두 다 작고 나무였으며 둥글었다. 사람의 손을 타 모서리들이 둥글어진 도구들. 모두 동그란 도자기와 닮은 모양이었다.

첫 작업은 흙을 반죽하고 다듬어 오목한 그릇을 만드는 일이었다. 선생님이 가르쳐준 방법을 따라 흙 반죽을 밀어 평평하게 만들고 동그랗게 자른 뒤 모서리를 다듬었다. 그동안 신경 쓸 것이라곤 흙이 굳지 않게 물 먹인 스펀지로 중간중간 적셔주는 간단한 일뿐. 손재주가 없는 나도 쉽게 할 수 있는 작업들이라 금방 재미가 붙었다.

한참 하다 보니 틀이 잡힌 흙 반죽에 무늬를 그려 넣는 작업이 마지막에 남았다. 완성된 도자기를 보았을 때 돋보이는 부분이라 이왕이면 예쁘고 복잡한 그림을 넣고 싶어 욕심을 내 어려운 도안을 택했다. 바닥이 돌아가는 원판 위에 그릇을 올려놓고서 남은 작업에 공을 들였다.

그렇게 삼십 분쯤 들여 한쪽을 겨우 다 그리고서 한 발 떨어져서 보는데 벌써 다 완성이 된 것처럼 설레고 뿌듯했다. 이대로만 하면 생각했던 그대로 만들 수 있을 것 같아 부푼 마음으로 원판을 돌렸는데 그새 건조해진 반대편의 반죽이 볼품없이 쩍쩍 갈라져 있었다. 황급히 스펀지에 물을 먹여 갈라진 자리를 두드려주었지만 벌써 바짝 말랐는지 잘 붙지 않았다.

완성을 코앞에 두고 이 간단한 걸 깜빡하다니. 망쳐버렸다는 생각에 어깨에 힘이 쭉 빠졌다. 수업 시간이 얼마 남지 않았을 때라 못 쓰게 된 반죽은 포기하고 새로 만드는 게 나을 것 같아 얼른 선생님을 찾았다.

"선생님, 깜빡했더니 반죽이 다 갈라졌어요…. 그냥 버리고 새로 만들어야겠죠?"

선생님은 터진 반죽을 잠시 살펴보더니 갈라진 부분에 물 몇 방울을 떨어뜨리고선 손가락을 굴렸다.

"괜찮아요. 이럴 땐 갈라진 쪽을 이렇게 만져주면 다시 괜찮아져요."

선생님의 손을 따라 손가락에 힘을 빼고서 갈라진 표면을 동그랗게 굴렸다. 물을 먹어 부드러워진 반죽의 틈이 서서히 메워졌다.

괜찮아요, 다시 괜찮아져요. 완성으로의 순간은 완벽하게 해낼 때가 아니라, 다시 괜찮아질 때에 이루어질 수 있는 것이었다.

"완벽의 어원을 아세요?" 언젠가 라디오에서 들었던 이야기가 떠올랐다. "완전무결하다는 뜻으로 쓰이지만 실은 귀한 구슬을 끝까지 무사하게 지킨다는 뜻이에요." 그때는 그 말 뜻을 이해하지 못했지만 이제야 비로소 이해할 수 있을 것 같았다.

갈라진 도자기를 빚으며 갈라진 마음을 빚는 어두운 밤을 떠올린다. 완벽에만 집착하느라 완벽하지 않은 것으로 폄하하였던, 나의 다친 마음들을 둥글게 헤아리는 시간을. 삶에서 생긴 실금은 완벽하지 않다는 사실에 대한 흔적이 아니라 완성을 하고 있다는 사실에 대한 흔적이다. 완성은 완벽함이나 완전함에 있는 것이 아니라 무엇이든 무사히, 끝까지, 지켜내는 데에 있으니까.

겨울이 길었다. 따뜻한 봄에는 완벽하지 않은 마음에게도 기꺼이 손 내밀어 보듬을 수 있기를. 오래 외면했던 숱한 밤들도 환하게 밝힐 수 있기를. 아주 느린 시간을 들여 빚은 동그란 그릇 하나. 그 그릇을 두 손으로 감싸 안으며 생각했다.

"괜찮아, 우리는 다시 괜찮아."

3

당	당	하	다				

◦ [형용사] 모습이나 태도가 떳떳하다

언제부턴지 '말'을 다룬 책들이 눈에 많이 띈다. 《언어의 온도》, 《말이 칼이 될 때》, 《무례한 사람에게 웃으며 대처하는 법》…. 줄지어 선 책의 제목들을 쭉 따라 읽다 보니 그런 생각이 들었다. 살살 쏘는 총이라고 아프지 않은 법 없듯, 살살 찌르는 말이라고 해서 아프지 않은 말은 아니다. 상처를 받지 않기 위해서는 잘 대처하는 것만큼 잘 끊어내는 일이 필요할 때가 있다.

말의 무게를 모르던 때가 있었다. 듣고 있는 상대에게 마음을 기울이기보다 말하고 있는 나에게만 온 마음을 쏟았다. 상처를 주지 않으려 노력하는 사람은 상처를 많이 받아본 사람이라더니 말의 무게를 비로소 알게 된 무렵도 타인의 말에 내 마음이 무너져본 후였다.

말로 무너진 마음은 다시 말로 쌓아야 했다. 사람을 알고 만나고 헤어지기도, 다시 사랑하기도 했다. 그러면서 실수하지 않으려고 주의하는 습관과 일부러 하려고 노력하는 습관들이 생겼다. 그중 실수하지 않으려 들인 습관은 말하기 전에 머릿속으로 꼭 두 번 생각하고 말하는 것. 나에겐 단순한 실수인 말이 혹 아픈 말은 아닐지 생각하고 아픈 말이 아니더라도 아프게 하지 않을지를 다시 한 번 생각한다.

반대로 일부러 하려 노력하는 것은 무례한 사람과는 곧바로 멀어지는 것이다. 무례한 말에 웃으며 대처하고서 무너진 마음을 다시 쌓는 것보다 무례한 사람과는 정도 이상의 대화를 하지 않는 편이 나았다. 오랫동안 이 두 습관을 지켜오면서 타인에게 무례를 범하지도 받지도 않으며 그럭저럭 잘 피해 왔다고 생각했다. 내가 무례를 범하고 동시에 받고 있는 줄은 까맣게 모른 채로 말이다.

정신없는 아침이었다. 방금 감은 머리에서는 쉴 새 없이 물이 떨어졌고 그 와중에 신고 싶은 양말 한 짝을 찾지 못해 온 서랍을 다 뒤지던 중이었다. 급한 대로 머리에 대충 수건을 두르고 아무 양말이나 일단 주워 신었는데, 옷장 앞에서 발이 묶이고 말았다. 행거에는 빈틈이 없을 정도로 옷들이 꽉 꽉 들어차 있었지만 입을 옷이 하나도 없었다. 마음이 점점 급해졌다. 아무 옷이나 잡히는 대로 휙 휙 넘기며 생각했다.

아, 이건 안 돼. 목 올라오는 옷이라… 나는 목이 짧아서 안 어울려. 이건 입고 싶은데 입으면 내가 너무 돼지 같을 것 같아… 아무래도 살 좀 빼고 입어야겠지. 이런 오프숄더는 왜 샀지? 어깨에 흉터도 있으면서… 이따 밥 먹고 배 나올 수 있으니까 짧은 티도 안 되고. 안 그래도 요즘 살 쪄서… 이 옷도 안 돼. 이 옷도 아니야. 이 옷도 안 돼. 이 옷도 아니야….

행거의 왼쪽에 있던 모든 옷들이 오른쪽으로 밀려날 동안 내가 나에게 끊임없이 했던 말은 하나였다. 나는 살 쪄서. 나는 뚱뚱해서. 나는 돼지 같아서 안 돼. 그 말들이 내 마음에 아픈 생채기를 내고 있는 줄도 모르고 습관처럼 생각했던 말들이었다. 그날 행거의 모든 옷을 포기하고 나서야 알았다. 내가 입고 싶어서 산 옷들조차 마음대로 입지 못하게 함부로 말하는 나는, 나에게 가장 무례한 사람이었다.

그날은 결국 옷을 입고 밖으로 나오고서도 여전히 옷장 앞에 두 발이 묶여 있는 기분이었다. 발붙일 곳도, 마음 붙일 곳도 잃은 것 같았다. 지하철을 타고 가는데 네모난 창문에 풀 죽은 내 얼굴이 비쳤다.

너는 살만 더 빼면 예쁠 텐데, 너 가까이서 보니까 못생겼어, 웃는 얼굴은 좀 별로다, 화장 좀 하고 다녀, 눈이 왜 이렇게 짝짝이야? 타인으로부터 들었던 무례한 말들이 물밀듯 떠올랐다. 다시 내가 나에게 했던 말들의 주어를 '나'에서 '너'로 바꾸어 생각해봤다.

너는 이런 옷 안 어울려. 너는 뚱뚱해서 안 돼. 너는 돼지 같아서 안 돼. 타인에게서 들었을 때 몇 번이고 상처받았던 말들을 나는 나 자신에게 몇 번이나 말했던가. 그동안 타인에게 무례한 사람이 되지 않으려 무던히도 노력했으면서 정작 나 자신에게 나는 얼마나 무례한 사람이었던가. 붐비는 지하철에서, 눈물을 참느라 혼났다.

나는 다시 연습하는 중이다. 사람의 말에 무너진 마음을 사람의 말로 쌓아올렸듯 이따금씩 내게 하는 습관적인 혼잣말들을 일부러 꺼내어 들어보기도 한다. 그 말이 나에게 어떻게 들리는지, 그 말을 하는 나는 어떤 사람인지를 들어보기 위해서다.

날씬하게 마른 연예인을 부러워하고 그렇지 않은 내 몸무게에 집착하는 나를 볼 때면 내가 무엇 때문에 그 기준에 맞춰야 하는지 묻는다. 그만 좀 처먹어야지, 하는 말이 습관적으로 입에서 나올 때면 내가 맛있게 먹는 건 왜 늘 처먹는 것이 되어야 하는지 묻는다. 타인을 존중하는 것처럼 나 자신을 존중하기 위한 연습이다.

어제도 오늘도 나는 물이 떨어지는 머리로 방 안을 휘젓고 다녔다. 똑같이 젖은 머리로 한쪽 양말만 신은 채 똑같은 옷장 앞에 섰다. 그럼에도 이전과 다른 점이 하나 있다면 이제는 무례한 내가 불쑥 나타날 때마다 그런 나에게 당당하게 대하려 노력하는 중이라는 사실이다.

나는 소중해. 나는 살이 쪄도 소중해. 다른 사람의 말이 어떻든 내가 어떤 모습이든, 나는 변함없이 소중해. 그러니 나에게 무례하지 말자. 나에게 함부로 하지 말자. 행거 앞에서도 잠들기 전 눈을 감고서도 내가 나에게 들려주는 말은 그것이다. 무례한 나에게 당당해지는 일, 나를 사랑하기 위해 하는 매일의 다짐이다.

4

서	툴	다					

◦ [형용사] 익숙하거나 능숙하지 못하다

매일 가지고 다니는 물건들이 몇 가지 있다. 볼펜 한 자루, 지하철역 앞에서 받은 물티슈, 가방 안 어딘가에서 굴러다니는 립밤과 핸드크림 등. 그중 볼펜이나 물티슈는 있으면 있는 대로 없으면 없는 대로 다니지만 꼭 가지고 다녀야만 하는 물건도 있다. 아침부터 저녁까지 한 시도 손을 떠나지 않는 스마트폰이다.

이제는 스마트폰으로 하루를 시작하고 끝내는 게 당연한 일과가 된 지도 오래. 디지털 기기와 그리 친하지 않은 나에게도 스마트폰 없는 삶은 상상하기가 힘들다. 스마트폰으로 어떤 중요한 일을 해야 해서라기보단 날씨 하나를 확인하려 해도 스마트폰이 필요해졌단 게 더 정확한 이유겠다.

그래서인지 생각해보면 매일 쓰는 어플들은 복잡한 어플이 아니라 간단한 기능의 어플들이다. 하루의 시작을 도와주는 알람과 메신저, 대중교통 어플 정도랄까. 그중에서도 내가 가장 애용하고 있는 어플은 버스의 예상 도착 시간을 알려주는 어플이다.

버스는 지하철과 달리 운행 시간이 정확하지 않다. 집에서 나왔을 때 버스가 마침 오면 바로 탈 수 있지만 그렇지 않으면 올 때까지 기다려야 한다. 예상 도착 시간을 알려주는 버스 어플은 그럴 때 무척 유용하다. 실제로는 3분, 5분 정도를 아낄 뿐이지만 그 정도라도 길에서 기다리고 있는 것보단 훨씬 효율적이고 편리하다. 집에서 나서기 전부터 미리 버스 시간을 알고 나가니 어찌나 좋은지. 그 편리성 덕분에 버스 어플의 애용자가 되었다.

그 뒤로 습관이 하나 생겼다. 시간이 급하지 않아도 집을 나서기 전에 꼭 어플을 본다. 집에서 지하철역까지 한 번에 가는 버스의 경우 배차 간격이 넓은 편인데 도착 시간을 확인했을 때 유독 10분이 남았거나 3분이 남은 경우가 많았다.

3분이 남았을 땐 서둘러서 나가고 10분이 남았을 땐 잠시 기다렸다 나가곤 했다. '몰랐으면 놓칠 뻔했다', '몰랐으면 5분씩이나 기다릴 뻔했다' 생각하면서. 그런데 이상하다. 막상 습관을 들이고 보니 그 둘의 경우가 모두 달갑지 않아졌다.

10분이 남으면 아직 시간 여유가 많은 것 같았다. 마음에 들지 않는 옷을 얼른 갈아입기도, 냉장고를 열어 마실 것을 찾기도 했다. 나름 몇 분 안에 재빠르게 끝내고서 다시 시간을 확인하면 예상했던 시간이 이미 훌쩍 지나 있다. 그때는 헐레벌떡 뛰어가도 버스를 놓친다. 그것도 아예 놓치는 게 아니라 꼭 약 오르게 코앞에서 놓치곤 했다.

또 반대로 3분이 남으면 지금 바로 나가야 한다는 생각에 챙겨야 하는 물건들을 가방에 서둘러 넣고서 나가야 했다. 겨우겨우 버스에 타서 카드를 찍으려고 보면 지갑을 안 가지고 나왔거나 이어폰을 안 가지고 나왔거나 혹은 둘 다 안 가지고 나왔거나 했다.

버스의 도착 시간을 알게 된 덕분에 훨씬 편해진 줄 알았지만 시간이 길면 긴 대로 짧으면 짧은 대로 마음은 두 배로 급해졌다. 모르는 게 약이라는 옛말을 이런 상황에서도 쓰게 될 줄이야. 스마트폰을 사용하면 조금은 스마트하게 살 줄 알았는데, 매번 서두르다 보니 나는 어쩐지 더 서투르게만 되어버렸다.

5

의	연	하	다				

◦[형용사] 전과 다름이 없다

걸어서 한 시간 반 거리에 있는 카페를 가려고 나선 길이었다. 연남동에서도 구석, 카페들이 밀집되어 있는 길에서 한참 외떨어진 데에 숨어 있는 카페였다. 지도 어플로 길을 확인하니 꽤 돌아서 가야 하는 꼬불꼬불한 골목길들로 안내했다. 한눈에 들어오지 않을 만큼 복잡해 그냥 지도를 보면서 갈 생각으로 큰길만 대강 확인하고서 집을 나섰다.

겨울이 끝나갈 무렵이라 한낮의 날씨가 꽤 포근했다. 그동안 핸드폰을 들고 걷기는 손이 시려워 주머니에 넣고 잠깐씩만 꺼냈는데 그날은 모처럼 손에 들고 걸어도 괜찮을 정도였다. 연남동 초입의 골목길까지는 익숙한 길이라 마음이 가벼워 오랜만에 친구와 메시지로 수다도 떨고 게임도 한참 하면서 여유롭게 걸어갔다.

골목길 입구에 다다랐을 때쯤 여기서부턴 슬슬 지도를 보면서 가야지, 하고 스마트폰의 화면을 넘겼는데 상단에 배터리 경고등이 빨갛게 떴다. 한 시간 가량을 걸어오면서 내내 켜놓고 있었더니 그새 배터리가 닳아 2% 정도밖에 남아 있지 않았다. '아니, 언제 이렇게 배터리가 닳았지?' 하고 놀랄 틈도 없이 급하게 지도를 켜 캡처부터 했지만, 그마저도 스마트폰이 꺼지면 도루묵이 될 일. 스마트폰의 숨이 붙어 있을 때 어떻게든 길을 외워두는 게 최선이었다. 일단 여기로 들어가서 오른쪽, 편의점 있는 삼거리에서 다시 왼쪽, 거기서 두 번째 골목으로 들어가고, 길 끝에서 다시 오른쪽….

집중해서 외워도 헷갈릴 판에 마음이 급하니 외워도 외워도 처음 본 길 같았다. 한 번만 더 보면 외울 수 있을 거야, 달래며 집중했지만 화면이 힘없이 꺼져버렸다. 검은 화면 위로 망연자실한 얼굴이 비쳤다. 모르겠다, 일단 아까 봐둔 편의점으로 가보자, 하고 터덜터덜 골목길로 들어섰다. 다행히 코앞에 바로 편의점이 보였다.

좋아, 저기 편의점이 보이긴 하는데, 근데 잠깐만, 저 삼거리에서 어느 쪽이었더라? 셋 중의 하나일 확률로 가운데 길로 주춤주춤 들어갔는데 몇 발짝 못 가고 그대로 되돌아 나왔다. 아무 생각 없이 걸어올 땐 분명 괜찮았는데 스마트폰이 꺼진 걸 안 뒤로부터 마음이 점점 초조해졌다. 지도 없이 모르는 길을 계속 가야 하는 것도 사실 무서웠다.

결국 그냥 눈에 보이는 아무 카페나 가는 걸로 계획을 급히 바꿨다. 다시 다른 길을 택해서 걸어가는데 이번에는 10분을 넘게 들어가도 카페가 보이지 않았다. 어떡하지? 또 잘못 들어왔나 봐, 끝까지 가면 카페가 나오긴 나오나? 그러다 엄청 멀리

가서 길을 완전히 잃어버리면 그땐 어떡하고, 가뜩이나 길치인데…. 다음 골목, 그다음 골목을 헤맬수록 걱정이 늘어갔다.

무용지물이 된 스마트폰 때문에 대체 몇 분을 걸었는지도 모른 채 한참을 헤맸다. 비슷비슷하게 생긴 길 사이에서 맴을 돌던 중, 우연히 카페같이 생긴 어느 한 곳을 발견했다. 간판과 창문이 없어서 밖에서 보기에는 여기가 카페인지 아닌지 열었는지 안 열었는지 확인할 수 없는 곳이었다.

항상 스마트폰으로 미리 봐둔 카페만 찾아가다가 전혀 모르는 곳의 문을 열고 들어가려니 괜스레 겁이 나 문 앞을 서성였다. 나무로 된 두꺼운 문 가까이로 다가가 귀를 대보았다. 희미한 음악 소리 같은 게 들렸다. 그 소리에 용기를 내 천천히 문을 열었다. 조금씩 커지던 음악 소리가 곧 귀가 먹먹해질 만큼 커져왔다. 어서 오세요. 어디선가 낮은 인사 소리가 들렸다. 불규칙적인 크기의 테이블들과 높낮이가 다른 의자들이 어지러이 놓여 있는 카페였다.

커피를 주문하고서 군데군데 놓인 화분과 조각상, 담요, 바구니, 꽃병들을 피해서 지그재그로 걸어가 앉았다. 푹 꺼진 의자에 등을 묻는 순간에 아주 먼 곳에서부터, 어렴풋한 깨달음이 파도처럼 밀려왔다. 어쩌면 나는 오늘 이곳에 오기 위해 길을 잃었던 것 같다는, 그런 깨달음이.

모험하며 살고, 여행하듯 살기엔 시간은 한정적이고 삶은 끝없이 불안한 길이다. 일상이 여행일 수 있을까. 혹은 여행하듯이 자유롭게 방랑하며 살 수 있을까. 그 두 물음에는 분명하게 아니라 믿으며 살았다. 낯선 길로 가면 반드시 헤매게 될 테고 그 길 위에서 분명 숱한 시간과 걸음을 낭비하고 말 테니까. 삶을 헤매는 시간은 모두 탕진이고 낭비였다.

도로의 표지판 대신 몇 년의 간격으로 놓인 시간의 표지판들을 따르며 안전하게 사는 것이 옳은 길이라 여겼다. 어떤 게 나의 길인지, 지금 이 길이 맞는 길인지를 따져볼 틈 없이 앞서 가는 사람과 뒤따라오는 사람들의 사이에 끼어 잠시도 멈추지 못한 채로 바쁘게 살았다.

그렇게 분명 조금도 낭비하지 않고 살아왔지만 이제 와 그 시간들이 과연 낭비하지 않은 시간이었는지 물으면 그 물음에는 자신 있게 대답할 수가 없다. 나는 조금도 낭비하지 않기 위해 모든 것을 낭비하며 살아왔던 것 같단 생각이 든다. 안규철 작가의《아홉 마리의 금붕어와 먼 곳의 물》이란 책에는 이런 구절이 있다.

'올해 소망은 세상의 일들로부터 한발 물러나 나의 시간을 나 자신을 위해 온전히 낭비하는 것이다. 오래전부터 꿈꾸었으나 한 번도 이루어진 적이 없었기에 더욱 간절한 소망이다.'

돌이켜 생각해보면 내가 사랑하는 것들은 언제나 낭비하는 쪽이었다. 그것은 걸음일 때도 있었고 꽃이었을 때도 있었으며 글이었던 때도 있었고 사랑일 때도 있었다. 영원을 믿듯 탕진하여 결국 헛되어버린 것을 두고 앓았었으나 사랑했던 순간을 두고서는 조금도 후회하지 않기로 했다. 낭비하고 탕진하며 헤매었던 시간들만이, 나를 먼 곳으로 이끌어줄 것을 믿고 있기 때문이다.

연남동의 좁은 골목길, 방향도 시간도 모른 채 헤매던 길 위에서 나는 지도 없이 길을 찾는 방법 하나를 깨달았다. 길을 찾기 위해서는 기어코 길을 잃어야 한다는 것. 낯선 길 위를 헤매며 딛는 걸음들이 모여 새로운 길이 된다는 사실이었다. 그 길이 반드시 가장 좋은 길이란 확신은 없지만, 그래도 괜찮다. 나에게 중요한 건 그 길은 적어도 내가 선택한 길이란 믿음을 간직할 수 있다는 사실이니까.

우리는 다시 어디로 가야 할까. 우리는 다시 어디를 가기 위해 어디서 길을 잃어야 할까. 다가오는 봄에는 먼 벚꽃 나무 동산으로 떠나고 싶다는 생각을 했다. 그곳에서 당신과 오랜 시간을 낭비하고 싶다. 그곳으로 가기 위해 숱한 걸음을 낭비하고 싶다. 그곳에서 길을 잃기 위해, 가진 모든 시간을 기꺼이 탕진하고 싶다.

6

겉	돌	다					

◦ [동사] 다른 사람과 잘 어울리지 못하고 따로 지내다

겉돈다는 말의 의미를 머리로만 이해했던 적이 있다. 겉이 있고 속이 있어 두 편으로 분리되어 있는 것. 결코 화해할 수 없을 만큼 단단한 겉과 속의 경계를. 뒤늦게 그 말에 담긴 감정을 느낀 건 내가 겉의 세계에 속하게 되었을 때였다. 단단한 경계의 바깥에 서서 그 안으로 들어가기 위해 무수히 맴도는 걸음을 걸어야 했을 때. 그 무거운 외로움을 홀로 져야만 했을 때. 겉돈다는 말의 감정은 '겉'이 아니라 '돈다'는 사실에 있다는 걸, 나는 그때야 알았다.

7

천	연	하	다				

◦ [형용사] 꾸밈 없이 자연스럽다

살면서 성격이 달라졌단 것을 느꼈던 일 중의 하나는 내가 전보다 외향적이게 되었고 필요에 따라서는 더욱 사교적으로 행동할 수 있게 되었단 것을 느꼈을 때였다. 예고 없는 만남에 얼마든 천연덕스러운 얼굴로 웃음을 지으며 대할 수 있게 되었을 때, 나는 내가 어른이 되었다고 생각했다.

그렇게 사람을 만나는 것이 조금 쉬워졌을 무렵이 되고 나니 이제는 사람을 만나는 일보다 만났다가 헤어지는 일들이 더 어려워졌다. 누군가를 만나는 일에 조금은 능숙해졌다고 생각했는데. 다시 제자리로 되돌아온 것만 같다.

나는 다시 이보다도 더 어른스러운 어른이 될 수 있을까. 예고 없는 만남에 웃음으로 대할 수 있게 되었던 것처럼, 예고 없는 이별에도 웃음으로 대할 수 있는 그런 어른이.

8

꿋	꿋	하	다				

◦ [형용사] 무르지 않고 굳세다

나는 성실과 거리가 멀다. 유일하게 성실히 하고 있는 것은 불규칙적인 생활을 규칙적으로 하고 있는 것뿐. 상상, 공상, 몽상 등 온갖 생각도 많아서 몇 시간씩 멍하니 앉아 있는 게 가장 즐기는 취미다.

그 때문에 어렸을 때부터 무슨 생각을 그리 골똘히 하느냔 호기심 어린 물음을 곧잘 듣곤 했었다. 그런 물음에게 차마 쓸모없는 생각을 하고 있다고는 말할 수 없어 어물쩍 대답을 피했다. 쓸모없는 생각을 하는 건 지금도 마찬가지이지만 전처럼 그런 질문을 듣진 않는다. '딱히 별 생각을 하지 않는 듯 보이는 사회적인 표정'을 제법 잘 구사하게 된 덕분이라고나 할까.

기억을 더듬어보면 아주 오랜 과거에는 성실했었다. 더 정확히는 성실을 잘 흉내 냈다. 공부 잘 하는 딸이 최고! 라는 암묵적 가훈 아래 성실하고 의젓한 첫째 딸의 역할을 톡톡히 수행했을 때였다. 반드시 공부를 잘해야 한다는 압박을 받았던 건 아니었으나 성적이 미진하면 적잖이 실망하시고 성적이 잘 나오면 무척 기뻐하셨던 부모님의 표정만으로도 충분한 압박을 받았다.

공부를 잘하는 학생이 되기 위해선 학교 시간표에 최적화부터 되어야 했다. 1시간 단위로 나뉜 시간표가 몸에 맞지는 않았지만 맞추려고 꽤 많은 노력을 들였다. 그럼에도 주의가 자주 흐트러질 때가 있었는데 골몰하던 습관적인 잡생각들이 불쑥불쑥 떠오를 때였다.

2분 30초 안에 풀어야 하는 수학 문제와 한 뼘이 넘는 국어 지문에 집중하고 있을 때에도 엉뚱한 공상들이 때를 가리지 않고 떠오르니, 짜증이 났다. 처음에는 내가 집중을 제대로 하지 않아서 그렇다고, 의식적으로 하지 않으려 노력하면 된다고 생각했었지만 무의식적으로 떠오르는 생각들은 의식적으로 억제할 수 있는 것들이 아니었다.

그러나 당장 분 단위로 세워놓은 시간표에 쫓기는 고등학생에겐 그에 대해 진지하게 고민하는 시간도 사치일 뿐. 그저 나는 공부에 방해만 되는 쓸데없는 생각들이 너무 많다고만 거칠게 단정을 지었다.

그 뒤로 이런 생각들을 효과적으로 막기 위해 다른 사람이 한 시간 단위의 공부 계획을 짜면 나는 20분, 30분 단위로 더 잘게 쪼개서 계획을 세웠다. 그리고 그 맞지 않는 패턴에 몸과 마음을 맞추기 위해 실제 공부하는 시간보다 더 많은 시간과 노력을 쏟아부어야 했다.

그렇게 성실을 흉내 내느라 사춘기를 못 겪었던 탓인지, 나는 대학교에 와서 사춘기를 겪었다. 그러면서 처음으로 학교를 땡땡이치고 과제 따위를 최대한 미루며 불성실과 잔꾀를 배웠다. 열 개의 과제가 주어지면 눈대중으로 짐작부터 슬쩍한 뒤 이틀이면 다 할 수 있을 것 같다 싶어 10일 중 8일은 일단 놀고 봤다. 전이라면 10일 동안 어떻게든 1만큼씩은 하려고 매일 아등바등 고통받았을 테지만 그러지 않았다. 그저 내일의 나, 내일 모레의 나를 믿고 오늘의 나는 한들한들 태평하게 보내기로 했다.

놀아도 놀아도 시간이 남아돌았다. 시간이 남아도니 놀다 지쳐 멍도 실컷 때렸다. 멍도 실컷 때리다 보니 쓸모없다고 여겨왔던 나의 잡생각과 공상에게도 무한히 골몰했다. 물이 떨어지는 샤워기 밑에서, 하루 종일 아무것도 하지 않고 누워 있던 내 방에서, 매일 몇 시간씩 걸었던 한 겨울의 성산대교 아래에서. 심심함의 심심함, 무용함의 무용함에 대해 생각했다. 내 글의 씨앗들이 된 작은 사유의 시작이다.

여기까지 읽고 좋아, 나도 오늘부터 불성실하게 살 거야! 하는 분들은 잠시 이야기를 끝까지 들어주시길. 사실 이 패턴도 말만큼 쉽지는 않아 고통을 받기도 했었다. 이틀이면 끝 수 있을 줄 알았던 발등의 불이 갑자기 확 커져 발등이 활활 탔다든지, 생각지도 못한 변수들이 생겨 큰 코를 다쳤던 적도 있으니까.

무엇보다 가장 힘들었던 건 성실과 노력을 강조하는 사회에서 비교적 불성실해 보이고, 비효율적이고, 무계획적으로 보이는 방식을 택한 것에 대한 소외감과 끝없는 회의감을 감당해야 한다는 사실이었다.

그 때문에 잠시 성실하게 살았던 과거의 나를 떠올리며 다시 그때처럼 살아볼까 결심했던 적도 있었지만, 결국 그때마다 마음을 붙잡았던 건 '쓸모없음의 쓸모'를 깨닫게 해준, 아무것도 하지 않아야 무엇도 될 수 있는 공백의 시간들이었다.

하얗게 지새우던 밤, 몸이 늘어질 때까지 뒹굴던 방바닥, 까닭 없이 가라앉는 기분의 끝까지 내려가 보는 것. 이제 와 생각하면 그 모든 무용한 것들이 내 글의 힘이었다고 감히 말할 수 있을 것 같다.

다른 어떤 것들에 대해서라면 성실을 힘쓰지 않아도 글 앞에서는 별안간 성실이 발동되어 쓰는 이상한 글을 마무리하며, 이제는 그저 이렇게 생각한다.

다만 그런 삶이 나에게 맞으면 되었다고. 불성실이 나에게 성실이면 되었고 쓸모없음이 나에게 쓸모 있음이라면 그만이라고. 누군가 내게 다시 "너는 매일 무슨 생각을 그렇게 해?" 라고 물으면 이제는 의연히 대답하고 싶다. "나는 아무 생각도 안 하는 생각을 해."

9

충	분	하	다				

◦ [형용사] 모자람이 없이 넉넉하다

습관처럼 묻는 인사말들이 있다. 오랜만이야, 어떻게 지냈어? 반가워, 잘 지냈지? 반갑게 인사하며 잘 지냈느냐고 묻는 고마운 사람에게 나는 그동안이 어떠했든 언제나 잘 지냈던 사람이 되곤 한다. 응, 그럼. 나는 잘 지냈지.

안부를 물었던 시간이 몇 달 혹은 몇 년으로 길어질수록 전할 수 있는 말에는 습관적인 인사들이 남는다. 사실 나는 잘 지내지 않았다고 말하기에는 서로의 시간이 오래 엇갈린 탓이다.

얼마 전, 한 친구와 오랜만에 안부를 물었다. 서로 안녕했던 소식보다는 안녕하지 않았던 소식들을 나누었다. 그리 길지 않은 대화 끝에 그에게 힘을 북돋아주려 힘내, 다 잘될 거야, 라고 말하려다 차라리 삼키는 것을 택했다. 힘을 내는 사람은 어쩐지 계속 힘을 내야만 하는 삶을 산다. 뜻 없는 나의 습관적인 인사로 또다시 그가 힘을 내게 되는 것은 바라지 않았다.

잠시의 망설임 끝에 말했다. 나는 네가 힘을 내지 않았으면 좋겠어. 그 낯선 인사말에 고맙게도 친구는 고맙다는 인사를 돌려주었다.

너의 내일은 힘내지 않아도 좋은 날이기를. 너의 내일은 힘내지 않아도 충분하기를. 힘든 사람에게 힘내라는 인사말 대신 정반대의 말을 해주고 싶다는, 그런 생각을 했던 날이 있었다.

내일은 당신이 힘을 내지 않았으면 좋겠다.

그래도 충분한 하루가 되었으면 좋겠다.

10

위	로	하	다				

◦ [동사] 따뜻한 말이나 행동으로 괴로움을 덜어주거나 슬픔을 달래주다

마음을 담아 전하는 말 중에서 나에게 가장 어려운 것은 괜찮아, 라는 위로의 말이다. 여러 방법으로 위로를 받기도 때론 하기도 하였지만 어쩐지 위로란 좀처럼 익숙해질 수 없는 말이다. 가끔은 도움이 되어주고픈 마음에 했던 말이 충고나 조언이 되기도, 힘을 북돋아주기 위해 했던 말이 무책임한 위로로 잘못 전해지기도 했으니까.

위로의 가장 적절한 말은 무엇일까. 그런 말을 생각하면 수많은 말이 오가고 사라졌다. 위로가 필요한 상대에게 공감해주는 것, 다 잘될 거라고 응원해주는 것, 힘내라고 북돋아주는 것. 그것이 내가 하고 싶은 위로의 전부가 아닌데 그런 진부한 말밖에는 해줄 수가 없어 덤으로 전해지던 미안한 마음까지도.

친한 후배와 만났다. 졸업한 뒤로 연락을 안 하고 지냈던 지가 오래라, 만나면 어색하진 않을지 걱정도 조금 했다. 후배는 그런 내 마음을 읽기라도 한 것처럼 걱정일랑 말라는 듯 밝은 목소리로 재잘재잘 이야기를 했다.

"언니, 밥 먹고 저희 집 가요. 얼마 전에 이사해서 깨끗해요."

새로 이사 간 자취방을 자랑하느라 신이 난 후배와 근처 식

당으로 들어갔다. 작은 테이블을 사이에 두고 마주 보고 앉는데 어딘지 모르게 후배의 얼굴이 조금 수척했다. 혹 무슨 일이 있었는지 묻는 말에 후배는 힘없이 손사래를 쳤다. 뭔가 여기서는 말하기 곤란한 이야기인 것 같아 얼른 다른 말로 화제를 돌렸다.

서로의 근황을 나누며 밥을 먹은 우리는 곧 후배의 집으로 자리를 옮겼다. 나름 집들이 가는 기분으로 마트에 들러 모양이 예쁜 과일도 몇 개 샀다. 여행을 좋아하는 후배는 각국에서 모은 추억의 조각들을 집 안 곳곳에 두고 있었다. 태국에서 온 테이블보, 호주에서 산 머그컵, 엽서, 여러 종류의 전통차들. 지구 한 바퀴를 돌아 온 아기자기한 물건들이 사이좋게 어울리는 모습에 빙긋 웃음이 났다.

향초를 피우고 따뜻한 차 한 잔을 내려놓은 우리는 무릎을 끌어안은 채로 나란히 앉았다. 후배가 먼저 자연스럽게 이야기를 꺼냈다.

"사실 작년에 몸이 많이 아팠어요. 그런데 몸이 아픈 것보다 아픈 몸 때문에 마음이 아파지는 게 더 힘들었어요. 왜 하필 나한테 이런 병이 생겼는지, 평범하게 살고 있는 나한테 왜, 하는 질문을 끝없이 했던 것 같아요."

그중 가장 힘들었을 때는 나쁜 마음을 느끼는 자기 자신을

바라볼 때라고 후배가 말했다.

"한 번도 그런 생각을 해본 적이 없었는데 그때부터 멀쩡하고 행복한 사람들을 보면 질투가 나는 거예요. 더 솔직히는 질투가 나는 정도가 아니라 웃고 있는 모든 사람들이 밉고 가증스러워서 세상이 다 싫어졌어요. 언니, 저 진짜 추하죠."

향초가 타들어가는 동안 후배의 발끝에 휴지가 쌓여갔다.

어떤 말을 해줘야 좋을까. 몸이 아팠단 것도, 그 때문에 마음이 많이 아팠단 것도 너무 뒤늦게 알았다. 이렇게나 늦게 안 내가 어떤 말을 해줄 수 있을까. 이해해, 그럴 수 있지, 라고 무턱대고 위로하거나 추하다니, 절대 아니야, 라고 염치없이 편을 들 수도 없을 것 같았다. 감정은 지극히 사적이다. 그처럼 사적인 감정에게 함부로 나의 생각을 끼워 넣거나 강요할 수는 없는 일이었다. 고민 끝에 나는 후배의 말에 동의하지 않기로 했다.

"네가 추하지 않다고 나는 말할 수 없어. 그리고 네가 추하다고도 말할 수 없어. 네가 느꼈을 마음에 대해서 내가 함부로 판단할 수는 없는 거니까."

그리고 다시 말을 이었다.

"대신 이 말은 할 수 있어. 나는 너를 이해할 거야. 네 마음이 어떻든 얼마나 추하든, 나는 언제나 네 편에 있을 거야."

떨어지는 눈물 앞에서 위로는 무용한 말이 된다. 한순간 그에게 감정이 너무 이입되어 그 사람이 되어버리거나 반대로 이해를 하지 못해 결국 타인으로 남기도 했다. 위로의 적당한 선을 지키기 위해서 꺼낸 말은 지루한 모범 답안처럼 딱딱했다. '이해해. 충분히 그럴 수 있지', '힘내, 다 잘될 거야', 너무나 이성적이고 차분해서, 위로가 필요한 사람을 더 아프게 하는 말들이었다.

즐겨 읽는 시 메리 올리버의 〈기러기〉는 말한다. 착해지지 않아도 된다고. 절망을 말해도 세계는 계속 굴러갈 것이라고. 네가 누구든 얼마나 외롭든, 너는 변함없이 이 세상 모든 것들의 한가운데라고. 그러니 내가 누군들, 내 마음이 추한들 또 어떤가. 희망 대신 절망을 터놓을 수 있는 사람이 나의 곁에 있다면. 사랑하고 또다시 절망하는 동안에도 세계는 언제나처럼, 더 너른 길로 나아갈 것이다.

향초에서 연기 한 줄기가 피어오르다 사라졌다. 커튼 위로 무릎을 끌어안은 두 사람의 실루엣이 아른아른 비쳤다. 우리는 우리를 잃지 않기를. 서로가 서로의 편이 되어줄 수 있기를. 그런 바람들을 가만히 세어보고 있었다. 조각달이 뜬 어느 밤이었다.

11

무	색	하	다				

◦ [형용사] 겸연쩍고 부끄럽다

졸업도 취업도 한 발씩 늦었던 나는 늘 축하를 하는 쪽이었다. 축하를 받는 주인공보다는 그의 옆에서 꽃과 박수를 보내는 역할. 웃으며 인사를 건네면서도 내심 조바심이 들 때엔 오롯이 기쁜 마음으로 축하하지 못하기도 했다. 그럴 땐 속 좁은 내 모습이 얼마나 밉던지. 얄궂은 조바심과 열등감이 보일세라 커다란 꽃다발 뒤로 몸을 숨기곤 했었다.

한 발씩은 늦었지만 겨우 졸업을 하고 글을 쓰기 시작하고서는 축하를 받는 일이 내게도 가끔 생긴다. 익숙하지 않은 축하 인사에 허둥거리기를 몇 번. 이제는 고마운 말을 건네는 사람들에게 고맙다, 덕분이다, 하는 인사로 보답할 줄도 알게 되었다. 그러면서 축하를 받는 이의 마음을 뒤늦게 헤아리고 있다. 주는 것만큼이나 받는 것 또한 어렵다는 걸. 기쁜 표정 아래 마냥 기뻐할 수만은 없는 얼굴을 어렵게 숨기는 일도 그런 일 중 하나였다.

며칠 전의 일이다. 대학 때 친하게 지냈던 한 친구와 몇 년 만에 안부를 나누었다. 시험을 준비하다 아쉽게 떨어졌다는 소식을 몇 번 들은 뒤로 전처럼 소식을 편히 묻지 못하고 있던 친구였다. 먼저 연락을 하기도, 받을 때까지 그저 기다리기도 어려워 망설이던 시간이 몇 년. 이대로 연락이 끊기면 어쩌나 걱정이었는데 고맙게도 친구가 내게 먼저 연락을 해주었다.

오래 방황하던 내가 글을 쓰고 있단 소식을 들은 친구는 하고 싶은 일을 하게 되었다니 정말 잘되었다고, 꿈을 이루고 있는 네가 부럽다며 솔직함이 어린 축하의 말을 건네주었다. 그 활짝 웃는 표정에 전해오는 마음은 또 얼마나 꾸밈없이 다정한지. 너무 다정해서 고마운 마음과 함께 미안한 마음이 들었다.

나만 축하를 받는 이 상황이 조금은 머쓱하고 부끄러워 고맙다는 말로 얼른 이야기를 끝내려다 이 말이 무심한 인사치레는 아닐지를 잠시 생각했다. 나로서는 몇 년이나 망설였던 안부를 먼저 물어와 준 친구에게 함부로 배려를 가장해 말을 숨기는 건 아닐지. 솔직한 마음을 건네준 친구에게 나 역시도 솔직한 마음을 건네는 편이 더 맞는 일인 것 같았다. 생각 끝에 용기를 내어 고맙다는 말 뒤에 숨겼던 나머지 말을 꺼냈다.

"우리 서로 축하할 일이 많아졌으면 좋겠다, 그렇지? 언제든 축하할 일이 생기면 내게도 꼭 알려줘. 내가 제일 크게 축하해줄게."

농담 섞인 듯 전한 말 덕분인지 우리는 대학생 때로 돌아간 것처럼 우스운 농담을 주고받으며 이야기를 마무리했다. 몇 년이란 시간이 무색해질 만큼 어느새 한결 편해진 사이를 느끼며 생각했다. 서로 힘들 때 돕고 어려울 때 갚는 품앗이처럼, 축하하는 일 또한 우리에겐 너그러운 품앗이가 아닐까 하고.

오랜만에 묻는 인사말에 축하한다는 말만큼 좋은 핑계가 또 있을까. 그동안 네 소식이 궁금했다고 뒤에서 항상 너를 응원하고 있었다고 문득 손 내밀듯이. 욕심이 많은 나는 축하를 받으면서도 우리에게 더 좋은 일이 생겨나 더 자주 축하를 주고받을 수 있기를 마음속으로 바랐다. 작은 일에도 잘됐다, 기쁘다, 축하해, 진심을 진심으로 말할 수 있기를. 우리가 그랬던 것처럼 언제나 함께 웃을 수 있기를.

12

창	피	하	다				

◦ [형용사] 떳떳하지 못한 일로 부끄럽다

나의 왼쪽 어깨에는 기다란 흉터가 있다. 벌써 몇 년 전의 일이다. 발을 헛디뎌 넘어지면서 어깨가 부러졌다. 금이 가거나 살짝 부러졌으면 깁스를 했을 텐데 두 동강이 나며 뼈가 'T'자로 어긋나 수술을 받아야 했다.

어제까지만 해도 멀쩡하게 걸었던 나는 하루아침에 환자가 되었다. 수술도 처음이고 입원도 처음이라, 이 모든 게 한 번 넘어진 걸로 벌어진 일이라기엔 지나치게 가혹한 것으로 느껴지기도 했다. 그래도 '이것만 지나면 괜찮아지겠지' 하며 2주를 버텼는데 퇴원하고 나니 그보다 더 긴 3개월의 반신 깁스가 뒤따랐다. '진짜 이것만 지나면 괜찮아지겠지' 하고 생각했는데 수술 부위의 이유 모를 불편감은 어쩐 일인지 몇 년이 지난 지금까지도 남아 있다.

이제는 뼈도 잘 붙었고 깁스도 하지 않고 있으니 전보다는 상황이 많이 나았다. 이런 이야기를 들은 사람들은 더 크게 다치지 않아 다행이라 말하면서도 조심스러운 걱정을 내비친다. "그런데 흉터가 남아서 어떡해?", "그럼 이제 민소매는 못 입겠다." 뼈는 부러져도 보이는 흔적이 남지 않는데 왜 피부에는 꼭 흉터가 남을까. 마음으론 그렇지 않다고 생각하면서도 소리 내어 반박하지 못했다.

흉터 때문에 민소매를 입지 못하게 됐다는 걱정이 단순히 남의 일처럼 넘길 말이 아니었다. 나에게도 흉터를 내보이는 일이 부끄러움을 넘어 창피하게 느껴질 정도였으니까. 가릴 수도 있는 걸 굳이 보여줄 것까지야. 세상에 옷이 민소매만 있는 것도 아니고, 반팔 입으면 되지 뭐. 한 뼘 길이의 흉터를 보고 있느니 옷으로 가리고 다니는 게 스스로도 속이 편했다.

며칠 전에 엄마와 차를 타고 근교로 나갈 일이 있었다. 이런저런 이야기를 나누며 엄마의 팔을 무심코 보다 팔뚝에 있는 흉터를 발견했다. 삐뚤빼뚤 꿰맨 수술 흔적이 남은 흉터. 맞다, 엄마도 팔에 흉터가 있었지. "엄마, 엄마는 흉터 안 가리고 다녀도 괜찮아?" 엄마는 괜찮아? 라고 묻긴 했지만 실은 다른 사람들이 괜찮아 하더냐는 뜻의 물음이었다.

"그럼, 뭐든 꽁꽁 감추면 부끄러운 게 되는 거고 내놓으면 안 부끄러운 게 돼."

대수롭지 않게 말하는 엄마의 말꼬리를 잡고 물었다. "그래도 그건 엄마 혼자만의 생각이지 않을까? 나는 부끄럽지 않게 생각하려고 해도 사람들이 놀란 눈으로 한 번씩 쳐다보던데. 심지어 징그럽다고 말하는 사람도 있었어." 하소연에 다시 엄마가 말했다. "그럼 그냥 그런가 보다 하면 되지. 다른 사람들이 창피하게 생각하는 게 뭐 대수라고. 내가 창피하게 생각하지 않음 되는 거야.”

머리를 한 대 맞은 듯 아무런 대꾸를 하지 못했다. 똑같은 흉터를 가지고 있는 나까지도 엄마에게 흉터를 가려야 하는 이유를 설파하려 하고 있었다니. 흉터는 창피한 것이라 내게 말하는 사람은 다른 사람도 아닌 나 자신이었다.

흉터는 흉하다는 뜻의 한자 ‘흉凶’에 자국을 뜻하는 ‘터’ 가 붙은 말이다. 의미 그대로 흉한 자국이란 뜻이다. 흉하고 징그러워서 가려야 하는 자국. 역사적인 의미야 여기에서 차치하고, 그래서 내가 언제부터 그 뜻을 체화했는지를 생각해봤다. 그러나 그렇다고 해서 흉터를 꼭 창피하게만 생각해야 하는 것일까.

걸음마를 막 배우던 때에는 넘어지는 게 하루의 일과였다. 매일 무릎이 쓸리고 손바닥이 까졌다. 와앙, 하고 울음을 터뜨리면 할머니는 옷에 묻은 모래를 툭툭 털어주며 말씀하셨다.

“괜찮다. 다 넘어지면서 크는 기라.”

넘어지지 않고 큰 아이는 없듯 상처 없이 살아가는 사람도 없다. 그것이 비단 몸의 흉터만을 두고 하는 말일까. 예기치 않은 삶의 풍랑에 생긴 마음의 상처도 마찬가지이다. 넘어져

본 아이만이 일어나는 법을 배우고, 다친 사람만이 낫는 법을 배운다. 흉터는 부끄럽고 창피한 흔적이 아니라 '그럼에도'의 흔적이다. 넘어져 다치고 부러졌을지라도 이렇게 잘 아물었다는 흔적. 그럼에도 다시 툭툭 털고 일어났다는 흔적.

넘어지기만 하고 클 줄은 몰랐던 내게 할머니의 말씀이 긴 시간을 넘어 들려온다. 퇴색된 기억 저편에서부터 귀가 아닌 가슴으로. 이제는 나의 흉터를 보며, 혹은 누군가의 흉터를 보며 이런 이야기를 나누어볼 수 있지 않을까. "이것 보세요. 이 흉터에 대한 엄청난 이야기가 있는데요." 흉터에 관한 한 우리 모두는 놀랄 만한 역사 하나씩을 가지고 있을 테니 말이다.

그리운 마음

1

든	든	하	다				

◦ [형용사] 마음이 놓이고 의지할 수 있을 만큼 미덥다

가진 돈으로 갈 수 있는 곳 중에서 가장 먼 곳이라는 이유로 카이로행 티켓을 끊었다. 지금으로부터 꼬박 열일곱 시간 뒤에는 이집트에 도착해 있을 것이다. 비행기가 이륙하는 순간에는 눈을 감았다. 비행기가 아니라 시간이 나를 그곳으로 데려다주기를 바랐다.

아프니까 청춘이라지만 나는 그 청춘을 지독하게 앓았다. 고통 없이는 얻는 것도 없다는 세대의 명문에게는 얻는 것이 없어도 좋으니 고통이 없기를 희망한다고 말하고 싶었다. 한때는 나를 벅차오르게 했던 말들도 있었으나 그것은 때를 지나고 나면 벅차게만 했다. 이대로 죽고 싶은 날들과 덜 죽고 싶은 날들의 틈에서 삶의 의욕을 잃고 긴 방황을 했다.

고독함과 외로움의 경계는 어디에 있을까. 외로움은 그 마음을 혼자 느낀다고 생각할 때 홀연히 제 모습을 드러낸다. 온전한 홀로의 고독보다 사람의 사이에 있을 때 더 외로운 것처럼. 차라리 완전히 홀로라면 덜 외로울까, 하는 막연한 기대감이 생긴 것은 그 이유 때문이었다. 이 세계와 사람으로부터 멀리 떠나고 싶었다. 이런 내 기분을 온전히 홀로 감당할 수 있는 곳. 외로움에 얼마든 뒤척여도 좋은, 내가 유일한 타인일 수 있는 타국으로.

어느 날의 아침엔 나일강을 따라 걸었고 어느 날의 저녁엔 홍해를 따라 걸었다. 시장에서는 오랜 흥정을 하며 과일 몇 개를 샀고 옆에서 통역을 도와준 아이에게는 가장 큰 과일 하나를 쥐어줬다. 최소한으로 말하고 최소한으로 움직이는 이곳의 생활은 고독해서 담담했고 평온해서 쓸쓸했다.

이집트에서 총 이 주 남짓을 머물렀지만 그중 사람들과 어울리는 시간은 사막 투어가 있는 하루뿐이었다. 귀국 이틀 전, 바하리야 사막에서 일박을 하는 투어였다. 배낭을 짊어지고 여덟 시간 거리에 떨어진 사막으로 향했다. 그곳에서 만난 가이드의 인솔로 모르는 사람들과 한 조가 되었다. 우연히도 여섯 명 모두가 여섯 개의 다른 국적을 가진 다국적의 조였다.

짤막한 인사를 나눈 우리는 낡은 지프차에 올라탔다. 그날 밤 캠핑을 할 오아시스가 있는 곳은 다시 차로 두 시간을 가야 있다고 했다. 사람들과 어울리게 된 것이 오랜만이라 조금 낯설었지만 어차피 다들 말도 안 통하는 외국인이니까, 하고 생각했다. 잠시간 차를 같이 탔을 뿐 만났던 순간처럼 헤어질 사람들이었다.

차 안에서는 앞자리에 앉게 되어 옆자리의 가이드와 이야기를 나누며 갔다. 덜컹거리는 도로를 따라 삼십 분쯤 달리던 차는 곧 도로를 벗어나 사막의 모래사장을 내달리기 시작했다. 표지판 대신 키 큰 선인장들이 가끔씩 나타나 망연히 굽어보다 사라졌다. 이국적인 사막의 풍경이 신기했던 것도 잠시, 계속 보고 있다 보니 그도 금방 지루해졌다. 가이드가 달리는 속도를 높였다.

미지근한 사막의 바람을 맞으려 창문을 내렸는데, 어딘가 익숙한 글자가 눈에 들어왔다. '사물이 거울에 보이는 것보다 가까이 있음.' 차의 백미러에 한글이 쓰여 있었다. 깜짝 놀라 가이드에게 이거 한국 차냐 물어보니 웃으며 그렇다고 대답했다. 그러고선 쾌활하게 여기도 보라며 룸미러를 가리켰다. 룸미러에 대롱대롱 매달려 있던 볼펜에는 '노랑풍선'이라는 익숙한 여행사의 이름이 새겨져 있었다.

웃음이 나왔다. 가장 먼 타국으로 도망쳐 왔다고 생각했는데 이집트 사막 한복판을 달리는 차가 노랑풍선이라니. 돌고 돌다 보니 결국 한 바퀴를 다 돌아버린 걸까. 또다시 제자리구나. 아니, 나는 애초에 도망치지도 못한 거였구나. 이 상황이 허무하기도 하고 우습기도 하고 동시에 묘하게 편해지기도 하는데 가이드가 창문을 가리키며 무어라 말을 이었다.

"맞아, 봤어. 한국어야."

"아니, 이걸 봐. 비야."

"무슨 말이야?"

"비가 오고 있어!"

차 앞 유리에 물 한 방울이 둥글게 맺혀 있었다. 두 눈을 가늘게 떴다. 비가 온다고? 사막에서? 하는 생각이 들던 찰나, 그 물방울이 하나에서 두 개로, 두 개에서 다섯 개로 늘어났다. 정말로 비가 오고 있었다, 사막에서. 그 광경에 차 안의 모든 사람들이 프랑스어로, 영어로, 일본어로, 비를 말했다.

"비야, 비야, 맞아, 비야, 진짜로, 비가 오고 있어!"

각기 다른 언어가 오간 왁자한 소란 뒤, 우리는 같은 소리로 웃었다. 곧 사진을 찍는 사람도 소리를 지르는 사람도 혀를 내밀어 빗방울을 받는 사람도 있었다. 한국어가 찍힌 작은 백미러에 웃는 얼굴들이 가득히 들어찼다. "정말, 비 온다." 가장 마지막으로 말을 덧붙이는데 덩달아 웃음이 나왔다.

창문 밖으로 멀리 손을 뻗으며 생각했다. 사물이 거울에 보이는 것보다 가까이 있음이 아니라, 사람이 눈에 보이는 것보다 가까이 있음이라고.

우리는 그래. 사람의 사이에서 지독하게 외롭고, 흘리지 않아도 될 눈물을 흘리고, 겪지 않아도 될 상처를 안고, 어딘가로 도망칠 수도 또는 돌아올 수도, 가만히 누울 수도 무한히 달려갈 수도 없지만. 그래, 우리는 혼자가 아니야. 이곳의 우리는 서로가 눈에 보이는 것보다 더 가까이에 있으니까.

2

외	롭	다					

◦ [형용사] 의지할 곳이 없어 쓸쓸하다

사람과 함께하는 시간이 좋다가도
다시 혼자만의 시간을 찾고
오래 그리워했던 사람을 만나도
뒤돌아 다른 사람을 그리워한다.

나는 사람을 좋아하는 걸까.
그리워하는 걸까.
필요로 하는 걸까.

나는 사람 때문에 외로운 걸까.
나 때문에 외로운 걸까.

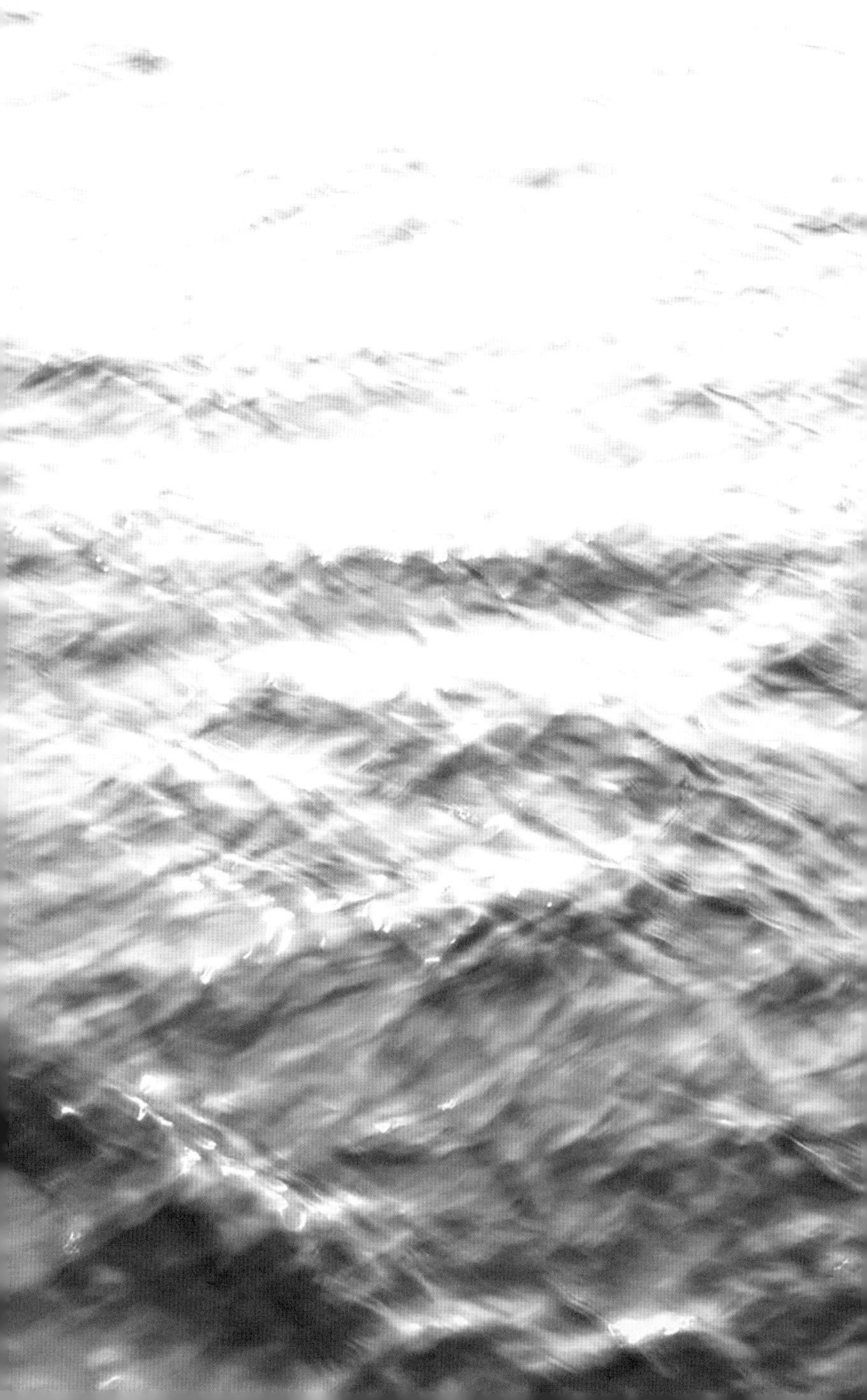

3

고	맙	다					

◦ [형용사] 호의와 도움에 마음이 흐뭇하고 즐겁다

귀가 빨갛게 달아오를 만큼 추운 계절이 오면 새록새록 떠오르는 기억이 있다. 고양이를 처음 만났던 날도 겨울이 군데군데 남아 있던 어느 초봄이었다. 롱패딩에 목도리를 칭칭 두르고서 집을 나서는데 차 밑에 오도카니, 고양이 한 마리가 앉아 있었다.

보통의 고양이들이라면 차 밑에 안 보이게 숨어 있거나 앉아 있다가도 눈이 마주치면 재빨리 피했는데 이 고양이는 조금 달랐다. 두 발을 가지런히 모은 채로 나의 눈을 빤히 들여다보고 있었다. 그 눈빛에 홀려 잠시 눈싸움 같은 눈인사를 하다가 손을 내밀었더니 조그만 코를 가져다 댔다. 고양이에게 물었다.

"너는 이름이 뭐야?"

고양이는 풍성한 흰 털을 가진 페르시안 고양이었다. 길 생활을 오래 했는지 흰 털이 회색 털이 되었고 빗질을 하지 않아 털이 덩어리져 있어도 페르시안 고양이인 것은 알아볼 수 있었다.

고양이에 관해서는 잘 몰라도 이런 고양이라면 분명 주인이 있을 것 같았다. 지금쯤이면 누군가 애타게 찾고 있을 것 같아 '집사'인 친구에게 부탁해 고양이 사이트에 주인을 찾는다는 글을 올리고 혹시 몰라 다른 유기견, 유기묘 사이트도 부지런히 둘러봤다.

생김새가 특이해 눈에 띄었는지 페르시안 고양이를 발견했다는 글들은 벌써 몇 달 전부터 올라와 있었다. 사진 속 고양이가 같은 고양이가 맞다면 겨우내 줄곧 떠돌이 생활을 해왔던 듯했다. 사이트에는 매번 고양이를 발견했다는 글만 있을 뿐 주인이 나타난 적은 없었다. 한파에 수도관이 터지고 롱패딩이 불티나게 팔리던 겨울이었다. '앙상한 페르시안 고양이를 봤어요' 하는 글들을 따라 읽으며 고양이의 고된 삶의 행적을 머릿속으로 여러 번 가늠했다.

며칠이 지난 뒤, 동생에게 고양이 이야기를 꺼냈다. 무엇을 어떻게 해야겠다는 생각은 없었지만 그런 생각이 없어서 드는 막막함 때문에 절로 이야기가 나왔다.

그날 밤 동생과 나는 두툼한 옷을 껴입고 고양이의 거처를 살피러 갔다. 핸드폰의 손전등을 켜고서 차 밑을 들여다보니 바퀴 뒤로 얼어붙은 물과 사료 몇 알이 굴러다니는 밥그릇이 보였다. 그래도 챙겨주는 사람이 있나 보다, 하고 고양이를 두고서 집으로 오는데 마음이 편치 않았다. 집은 따뜻했지만 마음 한 켠이 오슬오슬 추웠다. 침대에 누워 잠을 청해도 자꾸만 고양이 생각이 났다. 그 고양이는 오늘 밤도 추위와 홀로 싸우고 있을 것이다.

결국 다음날 우리는 '주인을 찾아줄 때까지만이라도 데리고 있자!'는 결심으로 고양이를 집으로 데려왔다. 사실 주인을 찾아줄 수 있을 거란 기대는 없었지만 데려오기 위한 핑계가 무엇이라도 필요했다. 데려오는 과정도 보통은 포획에 가까운 과정으로 데려온다는 글을 여럿 보았는데 다행히도 순한 고양이라 순순히 안겨주어 품 안에 안아서 데리고 왔다.

집에 무사히 데리고는 왔지만 문제는 그다음부터였다. 나도 동생도 고양이는 처음이라 아는 것이 하나도 없었다. 배변 패드를 쓰는 강아지와 달리 고양이는 모래가 있는 화장실을 마련해주어야 한다는 사실도 그날 처음 알았으니. 강아지에 대해서라면 오래 키워봤던 만큼 경험으로 알고 있는 것들이 있었지만 고양이는 전혀 아니었다.

꼬리를 세우고서 다가오는 건 어떤 뜻이며 나를 보고 자꾸 야옹야옹 우는 건 왜 그런 건지 이해하지 못했다. 고양이를 세 마리 키우는 친구에게 "그… 고양이가 자꾸 우는데 왜 우는 걸까?" 물어보아도 "글쎄, 그게 고양이마다 다 달라서…"라는 애매한 대답이 돌아올 뿐. 궁금한 건 많은데 정작 고양이에게 물어볼 수가 없으니 답답했다.

이름이 뭐야? 주인은 어디 있어? 그동안 밖에선 어떻게 산 거야? 아니 그보다 어쩌다 혼자 차 밑에서 살게 된 거야? 그동안 밥은 어떻게 먹고… 이렇게 추운데… 그동안 넌 어디서 어떻게… 붙잡고 물어보고 싶은 게 한 트럭이었지만, 고양이에게 물을 수는 없는 일.

결국 우리는 함께 살면서 하나씩 알아가는 수밖에 없었다. 네가 어떤 사료를 좋아하는지, 화장실의 어떤 모래가 편한지, 어떨 때 기분이 좋은지, 어디를 쓰다듬어주는 걸 좋아하는지도. 그 뒤로 고양이에게는 '뭉치'라는 이름이 생겼고 서툴지만 애를 쓰는 가족이 새로 생겼다.

겨울이 다시 성큼 다가왔다. 오늘은 집을 나서기 전에 고양이를 쓰다듬다 문득 누군가를 사랑하는 일이 이와 닮았다는 생각을 했다. 그 사람이 누구인지, 그동안 어디서 어떻게 살았는지, 어떤 아픔이 있는지, 어떤 꿈이 있는지. 나는 그에 대해 그에게 물을 수는 없다.

다만 우리는 함께 사랑하면서 알아간다. 그가 누구인지, 어떤 걸 좋아하고, 어떨 때 행복한지. 사랑을 하면서 그를 알아가고 동시에 나도 하나를 깨닫는다. 내가 얼마나 소중한 사람을 사랑하게 되었는지를. 함께 사랑하면서 알아가는 것, 고양이와 함께 살며 배운 사랑하는 방법이다.

4

설	레	다					

◦ [형용사] 가만히 있지 아니하고 자꾸만 움직이다

여름, 백사장

파도가 밀려오기 전
당신의 마음에 좋아해요, 라고 쓰고서
뒤돌아 도망가던 일.
부서질 때까지 가슴 떨리던
그 순간이 좋았다.

5

아	련	하	다				

◦ [형용사] 또렷하거나 분명하지 않고 희미하다

음식 취향에 관해서라면 아빠에겐 정해진 답이 있었다. 과자는 새우깡, 고기는 돼지갈비, 케이크는 롤케이크. 과자에 새우깡만 있는 것도 아니고 고기에 돼지갈비만 있는 것도 아닌데 아빠는 선택지가 하나뿐인 것처럼 늘 같은 것을 고집했다.

"아빠는 과자 중에서 뭐가 제일 좋아?" 아주 어렸을 때엔 아빠가 어떤 과자를 좋아하는지가 궁금했다. "그야 새우깡이 최고지." 그렇구나. 나는 딱딱한 새우깡보다 홈런볼이 더 맛있던데. 아빠가 제일 좋아하는 과자의 이름을 알았다는 사실만으로도 아빠에 대해 잘 알게 되었다고 생각했던 나이였다. "그럼 돼지갈비는 왜 좋아?" 사춘기에 다다른 십 대가 되고서야 '무엇'이 아니라 '왜'를 물었다. 나를 포함한 모든 세상에 뾰족한 의문이 솟던 나이였다. "그야 돼지갈비가 싸고 양 많으니까 최고지."

아빠의 취향이란 그랬다. 다양한 선택지를 놓고 경험하고 향유하기보다 그저 싸고 양이 많은 것을 골라야 했던 취향. 사실은 선택도 전에 이미 정해져 있던 것을 따른 취향 아닌 취향들이었다.

그 후로 아빠의 일관적인 입맛에 대해서는 다 그런 이유일 거라 짐작할 뿐. 으레 묻지 않는 날들이 더 많아졌다. 문득 생각난 롤케이크는 그러니까 조금 특별한 예외의 경우였다. 롤케이크는 왜 좋은 걸까? 롤케이크는 케이크라기엔 케이크처럼 생기지 않은 데다 다른 빵에 비해 딱히 싸거나 양이 많은 것도 아닌데. 지금까지의 대답이 그랬던 것처럼 '그야 옛날에는 롤케이크가 제일 저렴해서'와 같은 말을 예상했지만 아빠는 뜻밖의 대답을 했다.

"음, 그게 아빠가 전에 여자 친구 만났을 때…"

남자 친구의 전 여자 친구 이야기도 들어본 적이 없는데 아빠의 전 여자 친구 이야기라니. 놀랐지만 놀란 티를 내면 아빠가 말을 하다 말까 봐 조금도 놀라지 않은 척 "아, 어, 여자 친구가 왜?" 하고 태연히 응수를 했다.

아빠의 이야기는 이러했다. 아빠가 스무 살 무렵쯤이었으려나. 아빠의 여자 친구로부터 직접 구운 케이크를 선물받은 적이 있다고 했다.

"사실 롤케이크는 아니었는데 카스테라에 크림 발라놓으니까 롤케이크랑 맛이 비슷했단 말이지."

어쩌다 무심코 말했었던, 케이크를 먹어본 적이 없다는 아빠의 말에 아빠의 여자 친구는 케이크 만들기를 몰래 맹연습했더랬다. 그리고 아빠의 생일이 있던 날에 여러 번의 실패 끝에 만든 어설픈 케이크를 아빠에게 선물했다. 밥솥으로 만든 카스테라 위에 생크림을 발라 모양이 제법 그럴싸했다고, 아빠는 먼 곳을 더듬는 사람처럼 눈을 잔뜩 찌푸리면서도 입가에 걸린 은근한 미소를 내려놓을 줄 몰랐다.

"눈동자가 무척 큰 사람이었는데…."

잠시 생각에 잠기던 아빠가 딸 앞이란 걸 뒤늦게 눈치 챘는지 흠흠, 헛기침을 하며 어정쩡하게 얼버무렸다.

"글쎄, 이상하게 그 케이크가 그렇게 맛있더라고. 근데 옛날 얘기지, 뭐. 이제는 이름도 기억 안 나."

롤케이크를 왜 좋아하냐고 물었을 뿐인데 아빠는 이름도 기억나지 않는다고 구태여 말을 덧붙였다.

돌돌 말린 롤케이크에 감추어져 있던 아빠의 첫사랑 이야기. 그 케이크의 맛을 아빠는 여전히 기억하고 있었구나. 그리고 그녀의 깊은 눈동자도. 새우깡과 돼지갈비를 좋아했던 이유와는 다른 이유로 좋아했던 롤케이크는 가난한 아빠의 취향 중에서 유일하게 향유해보았던 달콤함이었을 테다. 첫사랑을 떠올리는 나이 든 소년의 눈빛을 나는 그날 오래도록 엿보았다. 사랑은 달콤한 케이크의 기억처럼 시간이 지나도 달콤한 것이라는 사실을 설핏 깨달은 날이었다.

한 연인이 두 사람이 되어 뒤돌아 걸어가는 모습을 상상한다. 케이크를 굽던 그녀는 어디로 갔을까. 그녀도 아직 그 케이크의 맛을 기억하고 있을까. 언젠가 길을 지나다 우연히 그 사람을 만나면, 눈동자가 무척 큰 사람을 만나면, 그 사람에게 다가가 이렇게 이야기해야지. 나의 아빠에게 달콤한 케이크를 선물해주어서 고마워요. 그 마음에 잊히지 않는 눈동자가 되어주어서 고마워요.

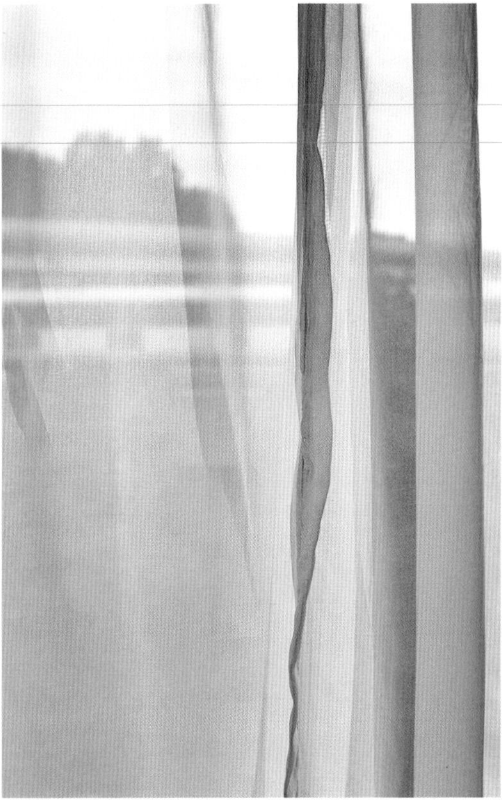

6

포	근	하	다				

ㅇ[형용사] 보드랍고 따뜻하여 편안한 느낌이 있다

하루를 마무리하는 늦은 밤, 샤워를 할 때면 눈이 심심해 괜히 궁금하지 않은 것들을 유심히 읽곤 한다. 주로 샴푸의 주요 성분, 글리세린 어쩌고, 계면 어쩌고 같은 것. 또는 세면대나 수도꼭지에 새겨진 브랜드의 이름 같은 것. 신기하게도 그것은 매일 보는데도 매일 까먹는다.

또 바디워시 회사의 로고는 누가 디자인한 걸까 엉뚱한 생각을 하다가 치약에는 왜 호두씩이나 들어가는지 궁금해하기도 한다. 그러다 늘 마지막에 눈이 가는 것이 바로 그날의 하이라이트. 열어보면 매번 다른 포춘 쿠키 속 메시지처럼 매일 다른 것이 걸리는 수건 한 장이다.

어디서 어떻게 누구의 손을 타고 들어와 우리 집의 수건걸이에 걸리게 된 건지 그 사연이야 수건에게 물을 수도, 알 수도 없는 일. 다만 수건에 대해 내가 알 수 있는 일부의 정보는 수건 아래에 적힌 간략한 출처와 역사다.

'축 개업기념 89년 ○○마트', '경 개원 축 ○○피부과', 이런 축, 저런 축. 십 년은 가뿐히 넘는 수건의 보푸라기 인 역사를 찬찬히 보다 보면 하나의 공통점을 발견하기도 한다. 약속처럼, 수건들은 모두 무언가를 기념하기 위해 만들어졌던 것 같다.

마트가 새로이 문을 열던 날, 수건을 돌리던 그날의 풍경은 어땠을까. 사람들로 복작이는 소란한 풍경을 쭉 상상하다 보니 갑자기 궁금해졌다. 그 마트, 어떻게 되었을까. 이미 없어진 건 아닐까. 지구상에 이 수건 한 장만을 남긴 채로. 그러다 다시 그런 생각이 들었다. 짧게는 몇 년, 길게는 몇십 년을 함께한 그 소중한 가게를 닫을 때는 왜 수건을 돌리지 않았을까. 떠들썩했던 시작과는 달리, 왜 소멸과 끝은 늘 홀연히 이루어져야 하는 걸까.

축하할 일들에는 무엇이 어울리는지 생각해본다. 아기가 태어나고, 이웃이 가게를 열고, 결혼을 하고, 시험에 합격하는 것처럼 시작에 관련된 특별한 일들이 먼저 떠오른다. 그러나 과연 시작만이 축하하고 기념해야 할 일일까 물으면 그렇지 않다는 대답으로 고개를 가로젓고 싶다.

고등학교를 마지막으로 마침내 십여 년의 공교육을 졸업하는 것. 삼십 년간 근속해온 직장에서 은퇴하는 것. 십 년 넘게 운영한 가게와 작별하는 것까지도, 마땅히 축하하고 축하받아야 하는 일이다.

꽃망울은 개화와 함께 제 모습을 잃는다. 꽃 한 송이는 열매를 맺을 때 바닥으로 떨어진다. 끝은 그대로 홀연히 소멸하는 것 같지만 사실 모든 끝은 시작과 맞닿아 있다. 삶에서 마주하는 모든 맺음이 처음만큼이나 소중한 까닭이다.

언젠가 오늘처럼 멍하니 샴푸 통을 들여다봤을 때, 그러다 또 멍하니 고개를 돌렸을 때 그곳에 '축 폐업기념' 혹은 '축 완업기념'이라는 이름의 수건이 걸려 있다면 어떨까. 그런 상상을 하니 빙그레 웃음이 지어진다.

뒤돌아서는 모습이 처음의 모습과는 달리 쓸쓸해 보일지라도, 이대로 안녕을 말하는 것이 조금은 초라하게 느껴질지라도 "괜찮아, 그동안 수고했어", "축하해, 무사히 끝마쳤구나" 하고 토닥여주는 포근한 수건이, 곁 가까이에 걸려 있으면 좋겠다.

7

다	정	하	다				

◦[형용사] 정이 많다

가을, 기다림

세상이 나만 빼놓고 돌아가는 것 같아
가만히 서 있기도 버거울 때
내가 아무도 아닌 것 같아
어떤 꿈으로도 잠들 수 없을 때
알면 알수록 모르는 것이 사랑이라
사람을 사랑으로 불러본 지가 오래 되었을 때.

그런 날엔 누구든 내게 전화를 걸어주었으면
어디에 있느냐고
밥은 먹었느냐고
다정히 내 이름 불러주었으면.

8

걱	정	하	다				

ㅇ [동사] 안심이 되지 않아 속을 태우다

어찌된 일인지 어른이 되었어도 여전히 치과가 무섭다. 무시무시한 기구들, 아픈 치료 과정도 그렇지만 부담스러운 병원비 때문에 더 무서워졌다. 바쁨을 핑계로 차일피일 미루던 치과 진료일이 코앞으로 다가왔다. 같은 치료를 받아도 봐주시는 의사 선생님마다 병원비가 천차만별이라 좋은 진료보다 좋은 선생님을 만날 수 있을지가 더 걱정이 되었다.

나와 같은 걱정을 하는 사람이 비단 나뿐만은 아니었는지 인터넷엔 '양심치과 리스트'라는 이름의 치과 리스트들이 이미 이곳저곳에서 공유되고 있었다. 과잉 진료를 하지 않는 병원이라는 소개 아래 병원명, 병원의 위치, 원장 선생님 성함과 전문 분야까지 보기 쉽게 정리한 리스트였다.

양심이나 과잉의 기준은 조금 아리송해도 높은 조회 수와 댓글 수가 어느 정도 신빙성을 더하는 듯해 절로 솔깃해졌다. 리스트에 있는 곳들 중 집 근처에 있는 병원들로 몇 군데를 추렸다. 가능하면 진료를 받으러 가기 전에 치료 과정들을 알고 가면 좋을 것 같아 다른 치과 블로그들도 들락거렸다.

보철, 임플란트, 식립, 브릿지… 치료 과정을 알자니 용어가 더 어려워 한참 검색을 하면서 찾아보던 중에 어느 블로그에까지 흘러들어 갔다. 예쁘고 감각적인 사진 대신 투박한 그림판 그림이 올라와 있는 곳이었다. 살펴보니 치과의 원장 선생님께서 직접 관리하고 계신 블로그 같았다.

'치과 파노라마 보는 방법', '식립이란 치아를 심는 것을 말해요' 등 올려주신 설명들이 무척 쉽고 자세했다. 전문가가 아닌 온전히 환자의 눈높이에 맞춰 풀어쓴 글들. 하나하나가 꼼꼼하고 친절해 어느 병원인지 궁금해졌다. 마침 블로그 공지에 '병원 위치 안내'란 글이 올라와 있어 얼른 클릭해서 읽었다. 뜻밖에도, 병원의 위치를 알려줄 수 없다는 내용의 글이었다.

"저는 환자분들과 대화하는 것을 좋아하는 치과의사입니다. 찾으시는 모든 환자 분들을 진료할 수 없어 병원은 공개하지 않고 있습니다."

완곡하면서도 분명함이 느껴지는 양해에 만감이 교차했다. 살짝 알려달라는 쪽지를 한 통 보내봐도 괜찮지 않을까, 부끄럽지만 그런 생각이 다 들었다. 궁금증을 애써 꾹꾹 눌러가며 이어진 글을 마저 읽었다.

"진심으로 하는 진료가 최고의 진료라 생각하고 있습니다. 제 병원이 동네의 작은 병원이라 환자분들의 이해를 도울 목적으로 블로그를 운영하고 있으니 조금만 양해해주시면 감사

하겠습니다."

방금 전까지도 일었던 이기적인 마음을 들킨 것처럼 금세 부끄러워졌다. 병원을 알고 싶다는 욕심 때문에 선생님의 뜻을 존중해드리지 않을 수는 없었다. 많은 환자를 살피고 싶은 마음에 블로그를 운영하시면서도, 모든 환자를 살필 수 없어 어쩔 수 없이 양해를 구하신 선생님의 마음이 더 힘드셨을 테니까.

조금 망설이다 선생님께 쪽지를 보내는 대신 댓글 하나를 남겼다. 어딘가에 선생님과 같은 분이 계시다는 것을 알았으니 이제는 어디서 치료를 받더라도 마음을 놓을 수 있을 것 같다고. 선생님 덕분에 치과 치료에 대한 걱정을 많이 덜었다는 그런 감사 인사를 드렸다.

그리고 그 다음주에 나는 미리 봐두었던 양심치과가 아닌 우리 동네의 작은 치과를 찾아갔다. 진료를 받으며 의사 선생님의 설명을 듣는데 혹시 이 선생님이 그 선생님은 아닐까 하는 상상이 들어 괜스레 웃음이 났다. 선생님이 비밀을 지켜주신 덕분에 앞으로 만나는 모든 의사 선생님들이 내게는 다 똑같이 좋은 선생님이 될 수 있을 것 같은 기분 좋은 안도감과 함께. 가벼운 발걸음으로 병원을 막 나오는데 《어린 왕자》의 한 구절이 떠올랐다.

"사막이 아름다운 이유는 어딘가에 샘이 숨겨져 있기 때문이야."

푸석한 세상을 아름답게 해주는 이름 모를 존재들은 가까운 곳에 숨어 있다. 동네의 작은 병원, 아파트 화단의 고양이 밥그릇, 보도블록 틈의 가느다란 풀 한 포기처럼. 그 존재가 너무나 작아서 어디에 있는지, 이름이 무엇인지 다 알지 못할 수도 있지만 그럼 또 어떤가. 이토록 맑은 샘이 어딘가에 숨겨져 있다는 비밀을 알고 있는 것만으로도, 우리의 세상은 아름답기에 충분하다.

9

즐	겁	다					

◦ [형용사] 마음에 거슬림이 없이 흐뭇하고 기쁘다

누군가와 장래희망에 대해 이야기해본 지가 언제였던가. 생각해보니 이야기해본 것만 아니라 나 스스로 생각해본 지도 가물가물하다. 어른 구실을 하고 있는 지금은 더 이상 꿈꿀 장래랄 게 없어서인지 아니면 희망하는 것도 일이 되어서인지, 장래희망이란 단어를 다른 나라의 단어처럼 낯설게 느낀 지도 무척 오래된 것 같다.

붕어빵을 떠올린 건 여름의 어느 날이었다. 한 친구와 이야기를 하다 꿈 이야기가 나왔다. 앞뒤의 맥락과는 관계없이 꿈결처럼 나온 말이었다. "나는 롯데마트 점장 하고 싶어." 내가 놀란 건 두 가지 이유 때문이었는데 그중 하나는 마트와 연관이 없는 직업을 가지고 있는 친구가 한 말이란 점. 다른 하나는 그 말을 '싶었어'가 아니라 '싶어'로 말했단 점에서였다.

그 말에 냉큼 "마트는 왜?"라고 묻자 친구는 대수롭지 않게 "그냥 마트 좋아해서"라고 대답했다. 하긴, 마트 좋아하면 그런 꿈 가질 수 있지. 수긍하는 눈치에 친구가 한 마디를 덧붙였다. "그리고 마감하고 남은 음식 집 가져가는 것도 좋고." 덧붙인 이유에도 고개를 크게 끄덕였다. 하긴, 그런 이유라면 충분히 좋을 만하지.

어렸을 때의 나도 동네 슈퍼의 외동딸을 진하게 부러워했던 기억이 있다. 나는 과자 하나를 사려면 말도 잘 들어야 하고, 슈퍼에 가서도 엄마를 설득해야 하고, 그렇게 힘들여 가져가서도 동생으로부터 내 몫의 과자를 지켜야 했다. 그런데 슈퍼집 딸은 어떤가. 집에 가면 과자가 종류별로 쌓여 있는, 그야말로 '슈퍼'와 같은 존재였다.

그에까지 생각이 미치자 마트가 좋다는 친구의 말에 동의하지 않을 수 없었다. 그러곤 나도 자연스럽게 꿈결처럼 잊고 있던 꿈을 툭 꺼냈다. "나는 붕어빵 장수 하고 싶어."

붕어빵 장수의 꿈은 초등학생 때로 거슬러 올라간다. 겨울에 먹을 수 있는 몇 가지 음식들은 다른 계절의 음식보다 냄새의 급이 다르다. 계란빵, 붕어빵, 바나나빵의 갓 구운 빵 냄새. 호떡의 기름지고 달콤한 냄새. 군고구마, 군밤의 냄새는 또 어떻고.

추운 겨울에 재촉하는 발들을 잡아 세우려면 이 정도의 냄새는 나줘야 한다는 듯, 급이 다른 냄새를 뽐내는 음식들 가운데서도 나의 선택은 단연 붕어빵이었다. 붕어 모양의 앙증맞은 틀을 열고, 노란 주전자로 반죽을 붓고, 숟가락으로 팥소를 넣고, 앞뒤로 뒤집으면 완성. 붕어빵을 굽는 과정을 보는 재미는 먹는 재미와 함께 공짜로 얻는 덤이다.

팥을 넣은 붕어빵, 슈크림을 넣은 붕어빵, 미니 붕어빵, 붕어빵보다 큰 잉어빵…. 겨우내 밥 대신 붕어빵을 부지런히 먹으며 생각했다. 아무래도 나, 붕어빵 장사해야겠다. 그래도 단순히 좋아한다는 이유만으로 직업이 될 수 없음은 어렴풋이 알고 있었던지라 나름대로 합리적인 근거를 찾았다. 그 근거란 이런 것이다.

먼저 붕어빵 장수는 일 년 중 겨울에만 일한다. 한 계절만 일한다는 것은 나머지 세 계절이 자유롭단 뜻이다. 봄, 여름, 가을 동안엔 마음껏 놀 수 있다! 놀다 지치면 붕어빵의 질적 업그레이드를 위한 레시피 연구를 할 수도 있겠다. 반죽의 발효 정도와 팥소의 적당한 당도 같은 것.

그도 아니면 여름 동안엔 남반구의 어느 나라로 가 붕어빵을 새로이 전파할 수도 있겠다. 그럼 여행도 하고 돈도 벌고 붕어빵도 먹고, 이게 대체 일석 몇 조인가. 짤막한 손가락을 꼽으며 뿌듯하게 웃기도 했었다. 그땐 꿈이란 게 그랬다. 좋아하는 붕어빵처럼 생각만 해도 절로 배불러지고 행복해지는 것.

그 뒤로 한 살씩 먹을 동안 꿈이란 건 소박하고 평범한 모양으로 한 단계씩 작아졌다. 모험을 꿈꾸던 장래희망은 차츰 구체적인 직업과 직무의 이름으로 대체되기도 했다. 그런데 이제 와 장래라니, 희망이라니. 그런 것들은 더 이상 꿈도 못 꿀 꿈이 되어버린 것 같다.

《빵 고르듯 살고 싶다》라는 제목의 책에는 이런 문장이 있다. "인생은 선택의 연속이라고 하는데, 그 선택은 어렵기만 하고 나의 현실만이 두드러질 뿐입니다. 빵을 고르는 것처럼 나의 기분만이 중요하면 좋을 텐데요. 어떻게 살아야 할지는 평생 모르겠는데 좋았던 순간만큼은 말할 수 있지 않나요?"

어떤 꿈이든 이렇게 꿈꾸어볼 순 없을까. 좋아하는 빵을 고르듯 떠올리는 것만으로도 행복해지는 꿈들을 맘껏 골라보며. 나는 마트 점장을 하고 싶어. 나는 붕어빵 장수를 하고 싶어. 생각해보면 친구의 말이 그러했듯 꿈은 과거형으로 말하지 않는 게 더 옳은 것 같다. 꿈은 언제나 현재 진행형이니까.

잘 사는 어른이 되고 싶었는데 어쩌다 보니 어떻게 사는 게 잘 사는 건지도 모르는 바보 어른이 되었다. 이왕 이렇게 된 거, 빵 고르듯 입맛에 맞게 사는 게 더 좋을지도 모를 일. "나중에 롯데마트 차리면 알려줘야 해. 붕어빵 가게 입점하게." "그래, 로열티는 1%." 빵처럼 부푼 꿈들이 오가고 있었다. 철모르는 어느 여름이었다.

10

씁	쓸	하	다				

◦ [형용사] 조금 쓰다

커피를 못 마시던 사람이 커피를 마시게 되는 일련의 순서가 있다. 먼저 커피 아이스크림이나 커피 우유 같은 커피맛 음료를 먹는다. 그러다 차츰 커피스러운 커피들로 넘어간다. 믹스커피, 프라푸치노, 모카, 마끼아또, 바닐라라떼, 그냥 라떼의 순서다. 최종 목적지는 물론 아메리카노. 카페에 가서 '아아' 주세요, 라고 말할 정도가 되었다면 축하한다. 그대는 커피계의 어른이 되었다.

몇 년의 시간을 거쳐 커피맛 아이스크림에서부터 라떼까지 왔다. 이제 커피 어린이에서 커피 청소년 정도의 단계까지는 온 것 같은데 라떼의 다음으로는 좀처럼 넘어가지 못하고 있다. 아메리카노는 쌉쌀한 뒷맛이 깔끔하다는데 몇 번 시도해봐도 그 깔끔한 맛이 도무지 무슨 맛인지 모르겠달까. 하여 내가 먹는 커피란 달달한 바닐라라떼거나 그냥 고소한 라떼거나 하는 수준. 딱히 커피 어린이도 아니고 커피 어른이도 아닌 상태로 매일 커피를 마시는 사람이 되었다.

커피를 마시지 않는 친구와 카페에서 만난 적이 있다. 그날 약속이 있었던 건 아니었는데 급히 만나달라고 연락이 와 만나게 되었다. 무슨 일이냐는 물음에도 이유를 설명해주지 않아 무언가 사달이 나도 단단히 났구나, 생각했다.

예상대로 얼이 쏙 빠진 몰골로 나타난 친구는 오자마자 음료를 주문할 틈도 없이 내가 있는 자리로 휘청휘청 걸어왔다. 그러곤 만화 속의 해골처럼 움푹 패인 얼굴을 하고서 이별의 슬픔에 대해 한바탕 역설을 했다. 친구의 남자친구, 였던 남자, 와 나는 상관이 없는 사이어서인지 슬프기보다는 오히려 그 사람의 나쁜 모습에 슬금슬금 화가 났다.

이야기를 듣다 나도 모르게 "아니, 그 나쁜…" 하고 욕을 하려는데 말이 채 끝나기도 전에 친구의 얼굴이 슬프게 일그러졌다. 자기 자신의 욕을 들을 때보다 더 고통스러운 표정이었다. 사랑이 뭔지. 이런 상황에서도 그 사람을 먼저 생각하다니. 황급히 "아니, 그… 그러니까 상황이 나쁘다고…" 하고 말을 바꾸니 표정이 한결 누그러졌다. 이렇게 말하면 누구도 나쁜 사람이 되지 않고 무사히 나쁜 상황을 만들 수가 있다.

"야, 나 부탁 좀 들어줘."

"무슨 부탁이야?"

"내 핸드폰 사진첩에 사진 좀 지워줘."

친구가 말했다.

"도저히 못 지우겠어서 그래."

받아든 핸드폰엔 몇 년 치의 사진이 있었다. 하나같이 뺨을 맞대고 웃는 표정들. 다정함이 꿀처럼 뚝뚝 묻어나는 사진들을 지우며 골똘히 생각에 잠겼다. 사랑의 달콤한 첫맛과 쌉싸래한 뒷맛에 대하여. 믹스 커피에서부터 아메리카노에까지 아우르는 사랑의 다양한 층위를.

사진을 지우는 동안 친구는 울다가 웃었고, 심지어 종이는 어디서 났는지 만남에서 이별까지의 연표를 그리고 있었다. 나는 그 모습이 짠하여 안쓰럽다가도 가끔은 참을 수 없이 웃기기도 했다. 그런 복잡한 마음은 친구도 마찬가지였는지 울음과 웃음을 동시에 짓는 표정을 지어 보이고 있었다.

"나 식욕이 없어진 건 난생처음이었어."

"그럴 만해. 나도 헤어졌을 때 초등학교 때 몸무게로 돌아갔었잖아."

"그래도 그 와중에 살 빠진 건 좋더라."

"너 몰골이 진짜 말이 아니야. 일단 뭐 좀 마셔. 넌 에이드 먹을 거지?"

자리에서 일어서며 친구에게 물었을 때였다. 커피를 마시지 않는 친구라 늘 단 음료를 찾아서 이번에도 그런 음료를 시킬 줄 알았다. 친구는 휴지로 콧물을 닦으며 무심히 말했다.

"아니, 나는 콜드브루."

콜드브루라니. 믹스 커피도 못 마시던 친구가 발음도 고급

스러운 콜드브루라니. 그 변화가 내겐 이별로의 장황한 변화보다 더 놀라웠다. 자리에 우뚝 선 채로 그동안 무슨 일이 있었던 거냐고 물었다. 콧물 묻은 휴지를 우아하게 딱지 모양으로 접던 친구가 말했다.

"그냥 그렇게 됐어."

그냥 그렇게 됐어. 이토록 깔끔한 뒷맛이 또 있을까. 담담한 말투를 따라 속으로 되뇌었다. 그냥 그렇게 되어버린 사랑. 그냥 그렇게 되어버린 이별. 그런 게 사랑이라면 아무래도 너무 쓰지 않나.

손끝에 묻어나던 어느 다정을 떠올리며 뒤로 돌아섰다. 이유는 알 수 없지만, 나에게 아메리카노는 앞으로도 어려운 커피일 것 같단 생각을 했다.

11

낯	설	다					

◦[형용사] 전에 본 기억이 없어 익숙하지 않다

매일 살고 있음에도 매일 살고 있는 게 버겁게 느껴질 때가 있었다. 모든 걸 훌훌 털어낸 채로 떠나고 싶었지만 그런 희망과는 달리 떠나는 일에도 무거운 짐이 뒤따르는 법이라. 가면 어디로 갈지, 잠은 어디서 잘지, 가서 무엇을 할지를 생각하다 보면 일을 줄이려다 더 벌이는 꼴이 되어버릴 것 같았다. 어디로 가야 조금의 짐도 없이 떠날 수 있을까. 고민하던 중에 문득 템플스테이가 떠올랐다.

어느 절로 가서 무엇을 할지는 몰라도 이름 그대로 절에서의 생활이라면 내가 희망하던 여행지에 꼭 부합하는 곳일 것 같았다. 그에까지 생각이 미치고 나니 미리 예정이라도 되었던 것처럼 나머지 일들이 술술 풀렸다. 하루아침에 준비를 끝낸 나는 산속의 어느 작은 절로 훌쩍 떠났다.

그곳에서의 시간은 비움의 시간이었다. 두 평 남짓의 작은, 책상 하나가 가구의 전부인 방. 채식으로만 꾸려진 가벼운 식사와, 소박해서 평화로운 잠자리까지. 무엇보다 손에 늘 끼고 살았던 스마트폰과 잠시 떨어져 지낼 수 있다는 점이 가장 좋았다. 생각도 못한 약간의 문제는 그 '잠시'에 있었다. 스마트폰과 잠시 떨어져 있는 게 좋으면서도 동시에 그 잠시 떨어지는 것마저도 견디지 못하는 나를 발견했기 때문이다.

스마트폰이 없이 방 안에 혼자 있으려니 무언가 기분이 이상했다. 노래를 들을 수도, 손이 심심하지 않게 인터넷 뉴스를 볼 수도 없었다. 그렇다고 멍하니 누워 있기도 어색하고 머쓱했다. 이럴 거면 집에 있지, 여기 왜 왔을까. 명상이라도 해볼까 싶어 가부좌를 틀고 앉아봤지만 자꾸만 불쑥 불쑥 치고 올라오는 잡념들은 그리 쉬이 가라앉지 않았다. 불안했다. 낯선 사람과 단 둘이 있을 때에나 느끼는 불안함처럼, 스마트폰 없이 오로지 나 자신과 마주하고 있는 상태의 나는 불안했다. 그때 깨달았다.

나는 나와 친하지 않구나.

사람과 사람이 가까워지는 데에는 시간이 필요하다. 처음 보는 사람과 인사를 하고 눈을 맞추고 서로의 이야기를 하고 웃고 때론 울며, 차츰 친해져가는 시간. 그동안 나는 나에게 어떻게 대했던가. 다른 사람에게 그러했던 것처럼 나는 나의 이야기에도 귀 기울여 들어주고 나의 감정을 헤아릴 줄도 알아야 했는데. 여태 다른 많은 사람들과 친해지기 위해 노력할 줄만 알았지, 정작 나 자신과는 친해지려고 노력도 하지 않았다. 고개를 드는데 창밖에 낙엽이 떨어지고 있었다.

나는 나와 친하지 않았다. 나의 감정을 다루는 데에도 익숙하지 못했다. 일상에 툭 불거져 나와 한순간에 제멋대로 생기고 사라지는 감정에 휘둘리는 것이 싫었다. 게다가 또 감정의 종류는 왜 그렇게 많은지. 기쁜 일도 행복한 일도 많았지만 그만큼 고된 일도 슬픈 일도 지친 일도 많았다. 그러다 차라리 단순한 게 나을 것 같아 감정의 수를 줄여보는 걸 실천하기도 했었다. 만사를 좋다, 싫다 정도로만 구분하며 산다면 내 마음이, 내 삶이 얼마나 명쾌하리만치 행복해질까 기대하며.

그러나 그때마다 잃었던 건 순간의 감정만이 아니라 그 순간의 감정을 느껴야만 채울 수 있었던 내 삶의 수많은 조각들이었다. 백 가지의 조각으로 채워질 수 있는 삶을 단 두 가지의 감정으로만 비추어본다면 결국 잃는 것은 다른 수많은 조각으로 빛날 수 있었던 나 자신이었다.

나는 여전히, 나와 친하지 않을지도 모른다. 그리고 여전히 감정을 다루는 데에는 익숙하지도 능숙하지도 않다. 그러나 이제는 안다. 다시 또 한순간에 낯선 감정이 불쑥 다가올 때에 그 감정과 어떻게 마주해야 하는지, 그런 나를 어떻게 바라보아야 하는지를.

이 또한 시간이 지나면 나를 단단하게 해줄,

나의 한 조각인걸.

밤의 한 편린인걸.

그 어떤 마음도 이기려 하지 않고 있는 그대로 껴안는 일,

사소한 감정들까지도 오롯이 나로 받아들이는 일,

그것이 나에게로 가까워지는 첫 걸음이었다.

12

사	위	다					

◦ [동사] 다 사그러져서 재가 되다

글을 쓴다. 기억하기 위해 쓴다. 동시에, 잊기 위해 쓴다. 사랑을 한다. 사랑할 땐 사랑의 무게를 모르고 이별을 하고서 패인 깊이로 그 무게를 안다. 다시 사랑할 땐 이전의 사랑을 까무룩 잊는다. 까무룩 잊기 위해 다시 사랑을 한다. 때때로 눈을 감는다. 나를 보기 위해서 눈을 감는다. 자정의 열두 시를 좋아한다. 23시 59분 59초가 00시 00분 00초로 바뀌는 순간의 덧없음을 좋아한다. 그래서 두려워한다. 안녕이라고는 인사하지 말자. 그것은 처음과 마지막이 똑같은 인사니까. 나는 오늘 너를 만났고 너는 오늘 나와 헤어졌다. 안녕은 안녕으로. 안녕, 안녕.

꽃을 받았다.

꽃의 이름이 무엇이냐고 물으니 그는 리시안셔스라고 말했다. 그 이름을 기리기 위해 입안에서 여러 번 되뇌었다. '리시안셔스, 리시안셔스.'

낯선 꽃의 이름이 처음 꽃을 받았던 먼 기억으로 이끌었다. 초등학교 졸업식 날, 온전한 내 소유의 꽃다발을 처음 받아보았다. 두 손으로 받아 품에 폭 안아본 꽃다발은 향기롭고 아름다웠다. 사진을 찍으면 분명 이 꽃이 제일 예쁘게 나올 것 같아 기분이 날아갈 듯 좋았다.

가족들과 밥을 먹고 돌아오는 길. 차 뒷좌석에 놓아두었던 꽃다발을 무심코 들어보니, 그새 꽃잎 끝이 메말라 검게 시들어 있었다. 차가 움직이는 방향을 따라 가느다란 꽃의 고개가 맥없이 흔들렸다.

몇 시간 전까지만 해도 막 피어난 것처럼 싱그러웠던 꽃이, 목이 잘린 생명처럼 품 안에서 속절없이 시들어가고 있었다. 꽃병 안에서 천천히 시들던 꽃은 어느 날은 꽃병째로 치워졌고 다시 어느 날엔 꽃대와 잎이 정리된 채로 쓰레기통 안에 버려졌다.

시간이 지날수록 꽃의 향이 옅어지는 것이 느껴졌지만 그것을 어떻게 보내야 하는지는 몰랐다. 꽃이 머무른 자리를 간직하거나 혹은 정리하는 방법 또한. 작별이라는 일은 좀처럼 익숙해질 수 없는 일이다. 하물며 그것이 꽃 한 송이더라도.

어느 겨울에 나는 한 사람과 헤어졌다.

이별이 처음은 아니었지만 그와의 이별은 처음이어서, 일 년이 넘게 한 계절 안에서 허둥거렸다. 사람은 떠나보냈어도 사랑은 어떻게 떠나보내야 하는지, 그것까지 알기에는 나는 이미 알지 못하는 것들이 너무나 많았다.

사랑에 관해서라면 마음을 확인할 수 있는 대상이 있었으나 이별은 그렇지가 않았다. 두 사람의 몫이었던 마음을 다만 홀로 견디는 동안, 숱한 마음들이 떠오르고 흘러갔다. 그를 생각하면 기쁘거나 슬펐고 미안하거나 미웠다. 하루에도 몇 번씩 널뛰는, 그 마음을 스스로도 어찌하지 못해 차라리 놓기로 택했다. 마음에 어떤 파동이 일어날 때마다 몇 문장을 건져 간신히 쓰고 다시 모두 지우면서. 사랑을 떠나보내는 일이, 사람을 떠나는 보내는 일보다 더 슬프다는 것을 뒤늦게 실감하면서.

누군가 내게 말했다. 참 이타적인 이별을 했군요. 나는 대답했다. 아니요, 나는 이기적이기를 택했습니다. 눈을 들어 떠난 자취를 좇지 않고 이 자리에 남은 나를 살폈으니, 그것은 나를 위한 방식의 지극히 이기적인 이별이었다.

그리고 여기, 프루스트의 말°을 나는 이렇게 말한다.

"이별의 슬픔은 나 자신의 발견이다. 이별이 아니었다면, 혼자가 아니었다면, 나는 내 안의 수많은 마음들을 영원히 알지 못했을 테니까."

° 사랑의 기쁨은 역시 그 사람의 발견이다. 그 사람이 없었다면, 나 혼자였다면, 나는 내 안의 놀라운 비밀들을 영원히 알지 못했을 테니까.

리시안셔스에게 마지막 인사를 했다. 제 곁을 내주어 향기로운 시간을 선물해준 꽃에게 이제는 미안하다는 말 대신 고맙다는 인사를 하기로. 리시안셔스를 보내며 나는 그를 함께 떠나보냈는지도 모른다. 혹은 끝내 보내지 못했던 그때의 나를 떠나보냈는지도.

꽃 떠난 이곳에 잔향이 남았다. 우리가, 한 생을 온통 쏟아부은 적이 있다는 뜻이다.

눈물은 아프지 않다

손쓸 수 없이 어지러운 마음도
지나고 보면 아무 일도 아닌 일이 될 때가 있다.
탓하며 묻는다.
내가 왜 그랬을까.

지나는 바람에도 흔들렸던
그때의 마음을 헤아리기 위해
나는 쓴다.

이곳으로 와.
이곳에 틀린 마음이란 없어.

당신의 사전

1판 1쇄 발행 2019년 9월 3일
1판 2쇄 발행 2019년 10월 1일

지은이	김버금
발행처	(주)수오서재
발행인	황은희, 장건태
책임편집	황은희
디자인	즐거운생활
마케팅	장건태, 이종문, 황혜란
제작	제이오
주소	경기도 파주시 돌곶이길 170-2 (10883)
등록	2018년 10월 4일(제406-2018-000114호)
전화	031)955-9790
팩스	031)946-9796
전자우편	info@suobooks.com
홈페이지	www.suobooks.com
ISBN	979-11-965885-9-5 03810 책값은 뒤표지에 있습니다.

이 도서의 국립중앙도서관 출판시도서목록(CIP)은 서지정보유통지원시스템
홈페이지(http://seoji.nl.go.kr)와 국가자료공동목록시스템(http://www.nl.go.kr/kolisnet)에서
이용하실 수 있습니다.(CIP제어번호 : CIP2019033479)

도서출판 수오서재守吾書齋는 내 마음의 중심을 지키는 책을 펴냅니다.